KB003294

서쪽으로 가는 달에게

| 다름시선 005 |

서쪽으로 가는 달에게

송복련

다름북스

시로 듣는 옛 이야기

고구려 유적지를 찾아갔습니다. 벽화를 보기 위해 5호 묘에 들어섰을 때, 어둠 속의 채색화들은 오랜 침묵이 답답해 세상 사람들에게 꿈을 드러내고 있었습니다. 신들은 모두 날개를 가지고 하늘을 날아다닙니다. 보일 듯 말 듯 그림들이 청홍백과 흑의 빛깔로 돌 위에 동그랗게 떠오르다가 깜빡 사라지는 것을 보았습니다.

삼국유사를 읽을 때도 그랬습니다. 노래와 서사를 읽어가는 동안 우리처럼 꿈꾸고 사랑하고 원망하고 행복을 갈구하는 것을 알았습니다. 같은 생각을 품고 살았다는 동질감을 느끼자 주인공들이 살아 움직이기 시작했습니다. 시간이 가도 변하지 않는 사람의 정서는 다른 옷을 입고 다른 몸짓으로 나타날 뿐입니다.

과거로 회귀해서 감정이입을 하며 주인공이 되어 보는 일은 즐거운 상상입니다. 시대를 거슬러 올라가는 또 다른 판타지의 세계였습니다. 마치 사극에 등장하는 인물이 되듯이. 시대의 간극을 넘어 멋진 아바타가 되고 싶었습니다.

　고전의 맛이랄까. 손때 묻은 사방탁자 하나 들여놓은 듯 나무의 결을 어루만지면 흐뭇해지는 기분입니다. 결코 사치스런 감정이 아닌 눈앞의 것에 골몰하던 내가 잠시 시선을 먼 데 두고 행복해지는 시간이었습니다. 서투른 표현이지만 용기를 내어 보았습니다. 독자들에게도 그런 선물이 되었으면 하고 나아가 젊은 감각의 새로운 글을 쓰는 계기가 되었으면 합니다.

2024년 3월
송복련

| 차례 |

제1부 | 물과 뭍이 만났으니

만전춘 _ 13
예감 _ 14
지귀에게 _ 16
배롱나무 아래서 _ 18
밤을 건너는 박각시 _ 20
물고기자리 _ 22
동동, 봄 _ 24
대숲에 이는 바람 _ 25
만두 빚는 남자 _ 26
회회아비 _ 28

제2부 | 거북섬에 대나무 심은 뜻은

신유구곡 _ 33
상좌야 _ 34
꽃잠 _ 36
서쪽으로 가는 달에게 _ 38
해달못 _ 40
부례랑의 노래 _ 42
바람결의 노래 _ 44
서천 꽃밭 _ 46
유화柳花 _ 48
뒷맛 _ 50

| 송복련 |

第3부 | 너의 꽃밭이 그리도 심심하면

이별곡 _ 55
숨바꼭질 _ 56
수로부인 行 _ 58
역신의 질투 _ 60
그예 강을 건너신다면 _ 62
모란꽃의 화답 _ 64
아마도 _ 66
아내의 노래 _ 68
먼 후일에 _ 70
도화녀가 비형랑에게 _ 72

第4부 | 별들도 뛰어내려 여울지리라

서리 밟는 소리 _ 75
늦은 시 _ 76
봇짐장수와 달 _ 78
거타지의 화살 _ 80
정든 밤 더디 새오시라 _ 82
월식 _ 84
열치며 나타난 달 _ 86
오직 그대뿐 _ 88
딩하돌아 _ 90
포기와 선택 사이 _ 92

| 서쪽으로 가는 달에게 |

제5부 | 우픈 코모이디아

학과 꽃병 _ 97
앙간비금도 _ 98
도모지 _ 100
혀꽃 _ 102
몽견조 _ 104
뜬소문 _ 106
어머니가티 괴시리 업세라 _ 108
낮꽃 피다 _ 110
을야乙夜 _ 112
푸른 고래 _ 113

평론 | 유한근

우리 민족의 주제·재제 전통 모티프 _ 117

제1부

물과 뭍이 만났으니

만전춘

새벽은
기다리는 이들에게 보내고

어둠은
달과 별에게 맡겨 두길

이 밤은
차라리 달마저 얼리고 싶어라

얼음 위에 댓닢자리 보아 그대와 내가 얼어죽을망정
정둔 오늘 밤 더디 새었으면 더디 새었으면

예감

글썽이던 물기들 소리 없이 맺혔다
하얗게 피는 새벽
서늘한 이불 속 잠이 부서진다

서걱거리며 다가오는 발자국들은
모두 내게로 오는 당신
수많은 당신이었다가
사라진다

문밖으로 귀만 열어둔 밤
올 것 같지 않은 예감은 닫힌 문으로 선다
아마도 내가 당신보다 더 그리는지
등이 자꾸만 인화되어 나오는데도
발소리는 귀에 파고든다

그 봄날
함께 꾸던 꿈은 번번이 휘청거리는데
가슴에 방싯방싯 피어나는 민들레꽃

내일은 바람 자고 햇빛 좋은 날
틀림없이 당신 소식

* 이상곡履霜曲

지귀에게

오지도 말라는
서운한 말
발붙이지 못하고 곁을 떠도네

혼자 타오르는 불
반짝이지 않는 별
어둠 속에 쏘아 올리는 불꽃

화르르
소리 소문 없이 타들어가다
문짝을 지나 섶을 태우고 처마끝까지 올라붙네
활활 불기둥은 법당 태우고도 모자라 산으로 날아
올라
미친 불꽃이 피네
불티들 금빛으로 흩어지네
밤하늘은 꽃밭이 되네

곁불로 쬐던 두 손에 전해오는 밀어

돌탑에 기대어 잠든 그대
긴 잠이 뜨겁다

* 선덕여왕을 사모하다가 죽어서 화귀火鬼가 된 지귀志鬼라
는 사람의 사랑을 그린 설화

배롱나무 아래서

배롱나무 때문이었어
내가 끌어들인 게 아니야
뜰에 나가 바람이나 쐬자 했더니
간지럼 타는 나무들 귓불이 빨개지도록 웃네
고개 드니 내외하듯 돌아서는 너
앞섶이 들리도록 솟은 꽃봉오리만 아니어도
수줍게 얼굴 붉히지만 않았어도
네 손목을 잡지는 않았을 텐데
엊그제 관을 쓴 사내의 피가 어떤지도 모르고
겁 없이 내 앞을 지나느냐
그저 손목을 은근슬쩍 당겼을 뿐인데
어찌 온몸이 끌려오느냐
너와 내가 춘정에 겨울 때
바위 뒤 낭자한 웃음소리에
배롱나무 꽃들이 벌겋게 달아오르네

그 잔데 가티 거츤 곳이 업다

* 쌍화점

밤을 건너는 박각시

걷어 올린 무명치마가 젖어요
창호지에 먹물빛이 번질 때
박꽃 위로 날아드는 박각시처럼
남 몰래 가는 길은
시린 여울물도 붙잡지 못하네요
차라리 달은 구름 속에 들거나
그믐밤이면 좋겠지요

홀어미의 빈 둥지에 일곱 자식들
난전의 푸성귀처럼 좌판 가득 벌려놓아 미안해요
당신 어깨가 날로 낮아지고
갈퀴손으로 쓰다듬는 가슴 한 귀퉁이, 몰려드는
세찬 물살에 헛디딜까 걱정이네
낮은 오히려 캄캄했고 어두운 밤이 편했을 당신

먼저 떠난 내 걱정일랑 마세요
흘러가는 여울 속에 내가 있고
밤하늘 별 가운데 내가 있어도

서쪽 하늘을 잠시 적시는 노을처럼
남은 날이 분홍이어도 괜찮아요
우리들의 봄날처럼

세상의 손가락이 당신을 가리킬 때
젖지 않아도 되어요
사랑은 욕된 것이 아니라
두 손 감싸 쥐면 뭉클하게 뜨거운 것
일곱 아들이 놓은 징검다리가
밤을 건너는 당신을
지켜줄 거예요 오래도록

* 효불효교

물고기자리

수로,
갈매기가 날기도 먼 신행길
물이랑 너울치는 파도 위에서
심중에 파사석*을 얹으니
흰수염고래가 따라오네
망산도에서 기다리는 당신 얼굴에
잘 익은 살구빛 번질 테지요

수로,
결혼은 굿판, 잔치마당이 예고하네
동편이 청동검을 치켜들고 기세 좋게 덤비면
서편은 물살을 가르며 뱃노래 높고
새끼줄 잡고 당겼다 놓았다
아슬한 순간들마다 손에 땀을 쥐어요
물과 뭍이 만났으니
파도 소리는 차라리 노래쯤으로 여깁시다

수로,

문구멍 사이로 반짝이는 저 별빛들
황촛불이나 먼저 꺼둡시다
춤사위와 반수리* 소리 시들해지고
하늘이 먹물처럼 캄캄해지면
물고기자리처럼 마주 누워요

* 허황후가 신고 왔다는 돌
* 남아시아에서 피리 종류를 가리키는 말

동동, 봄

초봄이 엎치락뒤치락하는 사이
바람벽을 쓸던 처마끝 시래기는 야위고
강물은 얼었다 풀린다
동동,
북소리인가
들썩거리는 박동소리
피가 돌고 언 땅이 몸을 푼다

바늘길 지나 도착한 손 편지
꼬깃꼬깃 접어 내미는 제비꽃의 말
양지마다 자우룩한 보랏빛 구름들
길게 내민 꽃대 위에
밥 짓는 냄새
소복소복 퍼담는
봄이 따숩다

대숲에 이는 바람

접동 접동 산접동
그 대숲에는
달빛조차 들지 않는
어둠이 고여 있다

접동 접동 산접동새 소리
파문처럼 밀려오고
먼 후일 부른다는 말
절로 생각나는 밤

접동,
홀로 우는 새
대숲에 이는 바람소리에 귀 쫑긋
울음이 뚝 끊어지고
낯익은 발자국소리 듣는다
동그란 눈에 켜지는 등불 하나

만두 빚는 남자

그녀에게 갈 때는
분칠한 손이어야 한다
말랑말랑해질 때까지
주물러야 순해지는 덩어리
굴리고 밀어내어 온달이 손 위에 뜬다

아직도 초원의 바람 냄새를 맡는 구릿빛 근육
수리새 나는 하늘과 초원뿐인 곳으로 양떼 몰던 날과
게르에 둘러앉던 두고 온 모두를
제 빈 속을 채우듯 꽉꽉 채운다
뜨겁게 익어가는 고향 냄새
피어오르는 안개 속에서
흑염소 눈을 닮은 그녀가 웃고 있다

한 입에 덥썩 물고 있는 그녀
뜨거운 김 내뿜는데 눈은 초승달로 휜다
만두 속이 터지듯 내 속이 으깨지고
내 손맛을 사랑하는 그녀를 위해

월피동 꽉 찬 만두가 되리

회회아비가 꾸는 꿈이 익는다

* 쌍화점

회회아비

입소문 듣고 찾아간 골목 안
안개 피는 솥 앞에서 온몸 구수하게 젖는데
말가이 모자 쓴 남자 볼살 터지도록 웃고 있네
왼손에 피를 얹고 오른손으로 쓰윽
속을 밀어넣어 오므리자
온달이 뜨네 주름꽃이 피네

더러둥셩 다리러디러

입으로는 손님을 부르고 눈으로 거는 수작
덤으로 줄듯 말듯하던 솥뚜껑만한 손이
덥석 내 손을 잡네
손목을 잡아 끄네
만두 속 같은 불룩한 배를 보니 허기를 부르네
은근슬쩍 꽁무니 빼자
군침만 삼키던 사내 달아오르네

더러둥셩 다리러디러 다리러디러

만두 맛보다 속 깊은
회회아비
누가 볼까 무섭네
나명 들명 소문난 가게
만두는 핑계였네
그 자리에 가 본 이는 아네
살맛이 일품인 줄로만 알게

위 위 다로러 거디러 다로

* 쌍화점

제2부

거북섬에 대나무 심은 뜻은

신유구곡

뻐꾹뻐꾹 칠성봉이 부르면 매봉은 뻑뻑꾹 뻑뻑꾹
뻐꾹이 울적마다 뻐꾹채꽃 하나씩 피어난다
숲길에서 나와 함께 걷던 들길에서
하늘과 땅이 맞닿을 때까지 분홍으로 물들면 좋으리
푸른 산 골골이 귀를 씻어주는 말간 소리
모퉁이 돌아 마당을 걸어도
꿈속인 듯 들려와
그곳은 지금도 소리 없이 뻐꾹채가 피고 있을 테지
바퀴 소리에 달아나는 바람 따라가며
뻐꾹뻐꾹, 귀 기울여 보는 한낮이야

상좌야

공양미 이고 일주문 넘는데
한숨 소리에 발밑이 울퉁불퉁하다
머리끄덩이 잡고 늘어지는 번뇌는
두 눈 부라리고 달려드는 신장과 같아라

비질한 말간 절 마당에 고요가 그득한데
목탁소리 심장에 들어와 앉고
염불소리는 청량한 바람결이라
며칠째 오지 않는 서방을 기다리는데
머리 깎고 절에나 들면 속은 편할까

속풀이하며 벗어놓은 말들이 어지러운데
주지는 어찌 내 속을 아는지 손목을 끄는가

상좌야,
문밖에 누가 오느냐
답답한 내 속이 먼저니라

위 위 다로러거디러 다로러

* 쌍화점

꽃잠

쳐다보기도 아득한
벼랑 끝에
한 떨기 진달래꽃으로 피었소
우러르는 순간이
죽음처럼 아찔하고 핏빛으로 뜨겁소

허공을 건너는 새처럼 날고 싶소
바위 끝에 걸린 미인도는
까마득한 거리
몰던 소의 고삐도 놓아버리고 싶소
길든 소는 제 길을 찾아갈 것이오

흰 머리를 괘념치 마오
멀리서 바라보는 순간
진달래꽃물 번지듯
제 마음은 물들고 있소

소등에 올라 피리 불며 가는 꿈

깨지 않는 잠이길 바라오

* 헌화가

서쪽으로 가는 달에게
-광덕 처의 노래

그대 떠난 빈방으로 달빛이
뒤척이며 부스럭거리는 이불소리 혼자 듣네
풀지 않은 당신 옷만 시렁 위에 접혔네
가부좌 틀던 방석은 윗목에 그대로인데
이 몸 두고 가신 곳 어디오

어둔 밤을 지나 서쪽으로 가는 달아
옷고름이 눈물고름이 되네
뜰에 심은 꽃들은 다 피는데
혼자 보는 이것들이 무슨 소용일까
짚신 팔아 끼니 잇던 날은 차라리 달콤해라
여기 그리는 사람 있다고 전해다오
어서 훌쩍 그대에게 데려가 다오

그대 그토록 간절했던 곳
구름 밖인가, 천상의 종소리 귀에 밟혀라
원왕생 원왕생, 그대 곁으로 간다면

발밑에 돌멩이 쑥대밭이라도 좋아
온몸이 타는 사막길이라도 좋아
그대만 곁에 있다면
내겐 모두가 극락정토이니라

* 원왕생가

해달못*

떠도는 성처럼 바위에 실려갔지
아무도 모르게
단서는 오직 신발 한 켤레
흔적을 챙겨들고
발설하지 않은 성으로
걸어도 걸어도 닿지 못한 걸음은
유령처럼 바닷가를 맴돌았네
입속에 고인 말과 젖은 울음
갈매기들 떼 지어 물어 날랐을까

열두 필 비단 북 찢어 하늘에 펼친 날
캄캄한 못물 위로
잃어버린 불덩이 하나
활강하네
산벚나무 놀라 움찔하고 숲은 수런거렸지
물의 입술이 파르르 떨리고
발톱을 세운 악몽들은 달아나네

거울 속으로 들어온 그대는
물속에 잠기네
툭툭 떨어지는 물방울들
부들과 수초들이 부르르 떨며 살아나고
마주보며 달려가는 등 푸른 눈길
그대 눈빛 속에 뜨는
전설의 못물에 타는 빛의 꽃다발

* 일월지로 연오랑과 세오녀 전설이 있는 못의 다른 이름

부례랑의 노래

바다가 밀어올린 달이
감은사 동탑과 서탑 사이로 두둥실
달빛에 젖은 비늘 옷 입고 달려오는 당신
금당 축대 아래 물길을 따라 들고 날 때마다
목탁소리 듣는가요
정밀 속에 밀물지는 고른 숨소리
아, 태평하다 안심되는 거지요

낭도와 금란에서 수련할 때
깜빡 잠든 사이 적에게 납치되어 간 곳을 몰랐지요
사람들이 깃털 꽂힌 두건을 보며 통곡하고
부처 앞에 엎드려 밤낮으로 비는 소리에
당신은 곳간에서 피리와 거문고를 가져와
나를 부레옥잠처럼 물 위에 띄워 돌아왔지요

거북섬에 대나무 심은 뜻은
낮에 둘이다가 밤에 하나가 되는 이치로
피리를 만들라는 거지요

필리리 가락이 풀려나가면
눈 덮인 세상에도 봄은 오고
삼태귀신 두억시니 사방팔방 온갖 잡귀들 달아나요

달빛이 하얗게 부서지는 밤
당신의 사랑은 밤바다처럼 가늠할 수 없어요
지금은 그 피리가 불고 싶어요
안과 밖에서
너울치며 떠도는 소리 소리들
가락에 실어 보내고 싶은,

* 만만파파식萬萬波波息의 피리

바람결의 노래

애달바라 서러워라
오라 오라
공덕 닦아라
극락이 저기다

지팡이 날아가 공양미 시주받네
덩치 큰 육존상을 주무르던
양지스님 지팡이라네
천왕상 팔부신장 삼존불 금강신
스님 재주가 탑을 쌓네

삼동에 개구리가 우네
영묘사 옥문지에 사나흘 우네
여근곡에 스민 도적
선덕의 근심 물리쳤네

법당에서 고요히 눈 감으니
다투어 등짐지고 오는

장정과 아낙들
눈물밥 비우던 이승
꽃상여 타고
천상 길 열어달라네

공덕 닦아라 공덕 닦아라
방아소리 쿵덕 쿵덕
터 닦으러
오라 오라는 소리

* 석장사 - 오라가

서천 꽃밭

빗방울이 수런거릴 때마다 꽃이 피는 곳
나비떼 나풀나풀 벌들이 붕붕거리는
서천 꽃밭의 주인이신 당신은
꽃들에게 물을 주고 있겠지요

우리의 청사초롱은 일찍 꺼지고 서천으로 가는 먼
길은 자갈밭이어요 얼레빗 나누고 헤어져 노비로 속
량할 동안 '할락궁이' 아들 하나 키우며 거친 밥과 매
운 바람에 맨발로 살았어요 아들마저 아비 찾아 떠난
빈방으로 뱀눈이 나를 넘보아요 한사코 튕겨나가는
팥알갱이처럼 이리 뛰고 저리 뛰다 끝내 절구공이에
짓이겨졌지요 아비를 만난 아들은 도라지꽃으로 이내
몸 일으켜 세우니 이제야 당신 곁으로 가는 길이어요

모두 가고오며 피고지는 꽃이라면
나는 당신 곁에서 수선화로 필 거예요

* 본풀이 ; 무속의례인 굿에서 구비서사시의 형태로 풀어내
는 굿의 절차. 〈이공본풀이〉에서 주목되는 것은 '서천 꽃밭'과
'생명의 꽃'이다.

유화柳花*

 강물을 거슬러 올라가던 그날 우리는 물속으로 첨 벙 뛰어든 물오리 떼였지 갯버들 나긋노긋 춤추는 봄 볕에 홀렸을 뿐 봄물이 들어 출렁거렸던 게지 바람과 한통인 너 때문만은 아니야

 몰래 꽃을 피운 순간, 쫓고 쫓기는 질주 끝에 너는 시린 하늘이 되었어

 복수초 노루귀 바람꽃 피는 양지를 떠나 축축한 강 기슭 이빨을 드러내며 얼었다 녹는 고드름 열리는 캄 캄한 밤이었어 배고픈 산짐승소리 얼음 위로 건너오 고 귀신새 울음소리가 건너가는

 만삭으로 누워 몸을 푸는 아침 너를 닮은 얼굴 밀어 낸다 먼 하늘은 눈시울이 붉어지고 솟대처럼 상고대 위에 새가 날아오른다 무성하게 흩어지는 하얀 소문들

* 유화는 훗날 고구려를 건국한 동명성왕의 어머니

뒷맛

"구슬이 바위에 떨어진들 끈이야 끊어지랴"

언제부터
바람이 집을 흔들고 간 날이
우리들의 여름날은 땡볕과 소낙비는 아니더라도
은은하고 달콤하지 않았니

단물 고이던 감촉은
살찌웠던 정신은
이제 곤죽이 되고 말아
미련이 아닌 배려인가
안 보면 멀어지는 뻔한 거짓말을 왜 하니

비겁한 사랑은 남은 계절도 간섭하는 거니
더부룩한 기억들을 감싸안고
문수봉에 갔어
그곳 떡갈나무에 걸터앉아
개운하지 않은 뒷맛을

닦아내고 있어

제3부

너의 꽃밭이 그리도 심심하면

이별곡

연꽃이 한창인데
보아줄 당신은 잡은 소매 뿌리치네

어우렁더우렁 노래하던 한 시절
내 마음에 지핀 불은 어쩌고 가시렵니까

저물녘에 불어보는 생황소리는
행여 잊을까 목이 쉰 듯 흐느끼네

담 너머 어른어른 두고 간 얼굴이여
열릴 듯 닫힌 문으로 어서 돌아오소서

위 증즐가 大平盛代

* 가시리

숨바꼭질

오디가 익는다
당신이 흘리고 간 발자국 주우며
종일 헤매는 숲속
꾀꼬리 울음 받아적어
노을 속에 띄워 보낸다

얼핏
노란 스란치마자락
보일 듯 말 듯
나무 그늘이 흔들린다
숨바꼭질은 이제 그만
허물어진 빈집으로 바람이 분다

빈집은 새들을 키웠으나
당신은 새의 말을 듣지 못하고
꿈속에만 찾아오니 품어볼 길 없다
풀밭에 묻힌 길은
물어물어 온다 해도

오디만 까맣게 익는다

* 황조가

수로부인 行

꽃은 저리 붉은데
가파른 절벽 같은
아득한 거리는 캄캄한 외로움이었소

한 다발의 진달래꽃이 되고 싶은 욕망
까마득한 거리가 두렵지 않소
끝없이 출렁거리는 이 마음은
바위에 사정없이 부서지고 있다오

해마다 시든 꽃잎은 자줏빛 꽃무덤을 만들어요
사랑은 절벽에 목숨을 거는 위험한 일이지만
헌화가를 부르며 내게로 다가오는
당신의 진심을 보았소

흰 머리카락 너머에 그대는 분명
소의 고삐를 놓아버린 동자의 얼굴이었소
당신이 끌던 소가 이제 내 마음을 끌고 가요
남 모르게 새어나오는 웃음을 옷소매로 가리지만

눈웃음만은 감출 수가 없네요
나는 이제 당신의 꽃이 되어요
당신에게 한 폭의 그림이오

역신의 질투

달빛에 홀리던 밤
모란꽃 같은 여자는
혼곤한 잠 속
몰래 기대어 누워 보네
마음이 내게로 흐를 리 없지만
사내의 낯빛이
얼마나 무르고 단단할지
대꼬챙이로 가슴팍을 찔러 보고 싶어요
당신은
잘 익은 오딧빛 얼굴로 들어와
모르는 척
문을 닫고 가버려요

당신은 춤꾼
소매 끝에
시름이 배꽃처럼 흩어지고
그늘도 접었다 펴는 날갯짓
절정으로 가는 춤사위는

당초무늬 넌출넌출 뻗어가고
들었다 놓는 걸음걸음마저
미더웠지요
당신은 이제 신라의 사내
감았다 풀리는 소매 끝으로
높이 뜬 달을 감싸 안았다 놓아주네요
명줄을 잡았다 놓는 성깔로는
사랑이 가당키나 하겠어요
당신 그림자는 밟지도 않겠어요

* 처용가

그예 강을 건너신다면

이승의 막다른 골목에서
캄캄한 나는,
길을 잃고 말겠지요
두억시니 거두어 간 당신의 숨을
기다란 넋대로 건지려 들겠지요
제석천왕 일월성신 십이대감 모두 불러내어 머리카
락 한 올까지도

당신은 강 건너 물양귀비꽃을 보았나요
여기도 해당화 피고 청도요새 노래도 들리는데
강의 저쪽으로 가려는 당신

우리 사이에 강이 놓이면
사내들은 선술집 뚝배기처럼 만만히 보고
주발에 대접이며 종지까지 덩달에 추근댈 텐데
수심을 모르는 소금쟁이처럼
지나가는 자리마다 번지는 파문들
수근수근 입방아는 오죽할까

그래도 좋다면야

어디 한번 그 강에 빠져봐요

모란꽃의 화답

-善德王知幾三事

꽃 피워라 꽃 피워라

거기가 네 꽃밭

제비꽃 꽃다지와 냉이꽃 별꽃들

봄날의 꽃처럼 피어라

세 됫박이나 되는 씨를 뿌리니

붉은색 자주색 흰 모란이 지천으로 피는데, 너는

어찌 벌 나비도 보내지 않았느냐

혼자 몸이라고 사랑도 모르랴, 오히려

내게는 먹구름도 없다 훼방꾼도 없다

공덕 공덕 공덕쿵

구름은 제 흥에 겨워 어울렸다 비 뿌리거늘

풀숲에서 가만가만 솟아나는 샘물 같은 정이야

경계도 없이 자족 지족 자족 지족

너와 나, 아무개도 친구 같아라

너의 꽃밭이 그리도 심심하면

봄꿈이나 꾸어라
내 심장이 쿵쾅거리는 소리 들리면
처처에 사랑이라

공덕 공덕 공덕쿵

한 생각만 바꾸면
서라벌을 다 적시고도 남으리
내가 껴안은 오늘에서 오직 하나,
사랑만 가져가면
내일은 행복하리 만다라가 피어나리
모두가 무색해지는 무색계여라

공덕 공덕 공덕쿵

아마도

그대는
삼화령 고갯마루에서 보았는가

산 아래 깃들어 사는 마을을
아침저녁 불 지펴 올리는 어머니의 구수한 밥 냄새와
워 워 소 모는 아비의 잠든 흙을 깨우는 봄 이랑을
나물 뜯는 가시내의 쑥과 냉이로 부푸는 바구니를
남산골을 누비는 화랑의 활솜씨를
자네의 납의처럼 어전에 엎드린 신하들의 옷까지

그대의 말을 이렇게 들었네

내가 사랑하는 이 땅의 모두가
아비 어미 자식같이 서로가 사랑하면
우리가 바라는 세상인가 싶네
누더기 걸망 속에 앵통 하나 넣어두고
구름인 듯 물인 듯 떠도는 자네와 마주한 시간
혀끝에는 달콤한 이슬맛이 감돌고

대밭의 바람소리 가깝게 들리네
잘 우려낸 차맛 같은 사뇌가 한 수
임금이 누구인지 모르는 세상
그런 세상이 미륵 세상 아닌가, 아마도

* 안민가

아내의 노래

사공아, 어쩌자고
배를 내었느냐?
십 년을 한솥밥 먹으며 눈 맞추다
느닷없는 이별은 눈물이 앞을 가리는데
이제 도포 입고 나서면 서경 밖인 걸
기약 없이 저 강을 건넌다는데

여우굴인지 쑥대밭인지 모르는데
괜찮다 괜찮다 무엇이 괜찮은지
그 말이 아리송하기만 해
물가에 보낸 아이 같아 안절부절인데
안 보면 멀어지는 삼척동자도 다 아는 일을

사공아, 물질이나 할 때냐
어서 가 네 집단속이나 하여라
물길에 밝아도 수심보다 깊은 여자 마음이야
어디서 정분나 헤실헤실 웃음 흘릴 텐데
뒤늦게 땅을 치면 어쩌려고

그땐 네 속이 내 속일 텐데
내 님 태워 가면 혼줄 내어 버릴 테야
이무기 꼬여 하늘이 노래지도록 너울치게
닻줄 같은 목숨도 고기밥 되긴 순간이지

차라리 너와 내가 저 강에 뛰어들자
깨진 구슬 밟으며 빈 끄나풀로 살거나
식은 부뚜막에 숯덩이로 살거나
그도 저도 싫다 뱃머리나 돌려라

* 서경별곡

먼 후일에

그날 처음 꺼낸 말
"먼 후일에 부른다"는
자꾸만 목이 메는 밤
어제 보고도 한참인 듯 살가운

당신의 목소린가 싶어 뒤척이는 밤
압화처럼 말 갈피에 갇혀있을 동안
개암나무 열매는 몇 해나 떨어졌으며
씀바귀나물은 몇 번이나 돋았을까
몽환의 자리로 사나운 짐승들이 몰려와
허수아비처럼 떠밀려 남루해진다

잊은 게 아니라는 말을
믿기에 마음 베이는 밤, 달래는 건
세한의 바람이 거문고를 탈뿐

* 정과정곡 ; 왕의 총애를 받던 정서가 의종이 즉위한 뒤 참
소를 받아 고향인 동래로 유배되었다. 이때 왕은 머지않아 다
시 소환하겠다고 약속했으나 오래 기다려도 소식이 없어 거문
고를 잡고 이 노래를 불렀다고 한다.

도화녀가 비형랑에게

우린 그늘에 핀 꽃이었어
아비의 금관은 너무 무거웠고 높은 담장은 감옥이었어
한 마리 나비되어 저승에서 이승으로 스며든 밤이었지
오색구름과 향기 속에 옷고름이 풀린 뒤
이슬 맺히듯 눈물 달고 살았어
얘야,

왕족의 먼발치보다 어둠이 차라리 편하더냐
도깨비 패거리와 난장을 치다 징검다리 건너듯 낮밤
을 오갔니
신명나게 먹고 마시고 춤추는 놀이마당은
그늘을 모르는 이야 한낱 분탕질이지
눈에 불을 켠 허깨비일 뿐

제4부

별들도 뛰어내려 여울지리라

서리 밟는 소리

오래된 빈방에서 듣는 서리 밟는 소리
기별인가 싶어 귀를 모으는데
골목 밖으로 멀어져요

석석사리 석석사리
빈방에서 뜯는 거문고 가락은
그날 정자에서 바라본 강물소리
눈앞에 달무리 지는 얼굴 하나

뒤척뒤척 돌아눕는 밤마다 또렷이 뜨는 얼굴
뜬구름 속에 목단꽃 피우느라
방안 가득 발소리만 차올라요

서리꽃 피는 꿈길에
부서지는 소리
석석사리 석석사리

* 이상곡履霜曲

늦은 시

하룻밤에 집 한 채 짓겠다고

천년에도 끄떡 않는 뼈로 세우려는 꿈

아름드리 춘양목처럼 썩지 않는 기둥을 세우고 들보를 얹네 숭숭 뚫린 바람벽에 붉은 흙과 짚단을 비벼 바르고 들고날 문짝도 달아 한 걸음 물러나서 보네 밤새 뚝딱뚝딱 세운 집 한쪽이 기우뚱해 짓다 말고 허무는 밤

아직 가슴에만 들어앉은 집

당산나무 뒤로 도깨비불이 춤을 추는 밤

달맞이꽃 피어오르면 음지에 기댄 것들끼리 술 마시고 분탕질 하는 밤

고목이 시커멓게 길을 막고 외발 빗자루와 부지깽이 춤 장단에 다듬잇돌도 덩달아 날뛰었지 고주망태 영감 밤새 골려주다 수탉이 목청을 길게 뽑으면 꽁지 빠지게 달아나는, 붓방망이질에 취하는 밤이야

누가 업어 가도 모르는

외눈 같은 불빛 하나 의지하고 지새는 꿈
어둠을 밤새 들이받던 뿔은
다리도 금싸라기도 아닌 언어의 집 한 채가 간절해
붉은 송진내로 다진 결 고운 무늬가
오래도록 대청마루에 깃드는
그런 집을 짓고픈 새벽이야

* 비형랑 설화 도깨비가 시를 가져다 주는 역할

봇짐장수와 달

내가 걸어간 길은
어제 삼십 리 지나 오늘은 시오리 길
모두가 장터로 가는 길
바람 불고 추운 날도
한뎃잠 자며 떠도는 봇짐장수
허기진 걸망이 무겁다
끼니를 놓치고 어느 처마 밑
차가운 바람벽에 기대어
짐 부려 베개 삼아 잠을 청하는 밤

이웃집 사립문 위로
길쓸별이 스칠 때
솥뚜껑 열리는 소리 들린다
사랑하는 이가
뜨신 아랫목에 밥상을 차리면
구수한 시래깃국에서 연신 김이 피어오르고
쥐눈이콩 같은 눈동자가 빛나는 아이들
숟가락 부딪고 재잘거리는 소리들

흑벽 안에서의 일들이 하나씩 넘어온다

세상과 흥정은 여의치가 않아
굳은살 박인 어깨로 짐져 나르며
비단 만지던 손이 헐렁한 주머니만 매만진다
타는 목마름에 술청에 앉아 잔을 기울인다
봉놋방에서 일확천금을 꿈꾸다가
주머니 털리고 마음마저 털리면
마음 둘 데 없어 찾아가는 집
길은 자꾸 솟았다 가라앉아 멀기만 하다
아내의 엉덩짝만한 보름달이 중천에 뜨도록
이리저리 헤매다 잠이 드니
꿈속이 더 가깝다
물가에 연등처럼 뜨는 얼굴 하나

* 정읍사

거타지의 화살

바다의 도적떼는 바로 내 마음
파도가 너울치며 들었다 놓고 후려치는 날은
그 옛날 배서낭* 우는 소리 들린다
떠도는 헛배를 보며
터럭손은 떠도는 것들을 향해 길게 팔을 뻗는다
동곳을 잡아당겨 머리 풀어헤친 물귀신이 되려 하네

이렇게 고약한 심술도
열 잎의 버들잎을 열 번 다 꿰맞추고
거꾸로 말을 타고 달려도 범을 잡는 솜씨라면
출렁거리는 변덕을 알아맞추겠지
헝클어진 마음이 우는 소리 잠재울 테지

만약
화살 하나로 단번에 허깨비들을 떨어트린다면
당신의 이름을 꽃잎으로 수놓으며
환생하는 꿈을 꾸겠어요
달빛이 원을 그리는 연못에서

숭숭 뚫린 마음에 꽃대로 솟아올라

한 송이 연꽃으로 영그는

* 배서낭 ; 배를 관장하여 바다에서 배사고를 막아주고 선원
들의 생명을 지켜주며 풍어를 주는 신

정든 밤 더디 새오시라

님이 오신다는 기별에 명경을 당기니
두 뺨에 복숭앗빛이 번지고
눈썹에 기러기는 삐뚤삐뚤 어긋나네
두근거리는 가슴이야 터질 듯 부풀며 조여들어
훌쩍 치마를 걷어붙이니 하얀 속곳이 민망해라
헝클어진 머리 틀어올리는 손에 비취빛 옥반지는
그대와 머리 풀며 나눈 약속인 줄 안다마는
그래도 못 미더워 눈길은 문밖으로만 가네
여남은 번도 더 들락날락거린 삽짝 앞에서
봄바람에 실려 오는 소리 새소린가 나귀방울인가
애타는 줄 모르고 그대 걸음은 어이 이리 더딘가
기다림은 짧아도 한참이라 허둥허둥 괜스레 부산스
러운데
내 속인 듯 말없이 촛불이 타며 흘러내리고
펴 놓은 이부자리로 자주 손이 드나드네
아랫목이야 식은들 어쩌랴

얼음 위에 댓닢자리 보아 그대와 내가 얼어죽을망정

82

정둔 오늘 밤 더디 새었으면 더디 새었으면

* 만전춘

월식

　허공을 걷네 그대와 이 밤 외줄 위를 걷네 두 뺨은
복숭앗빛으로 물들고 기러기는 삐뚤삐뚤 눈썹 밖으로
날아가네 흔들리는 틈새에 피어나는 꽃처럼 자라봉
위로 달이 뜨네, 바람을 휘어잡으며 뛰거나 솟고 걸터
앉으며 추락하지 않으려는 안간힘은, 줄을 타며 달아
나는 달을 붙잡으려는 몸짓

　어쩌자고 얼음 위에 댓잎자리 보려 했을까 얼음이
될지도 모르는데 오늘밤을 여우꼬리처럼 늘이고 싶은
데 눈부신 밤은 노루꼬리보다 짧아 어름사니처럼 가
슴 졸이느니 차라리 달을 묶어두겠어 마당에 성에꽃
이 하얗게 피는 새벽이 벼락처럼 들이칠지 모르니까
　아니, 달을 삼켜버리겠어 그러면 캄캄한 밤, 내 안에
서 달이 뜨고 우리가 꾸는 꿈은 꽃등처럼 아름다우리
꽃등을 안고 흐르면 별들도 뛰어내려 여울지리라

　어쩌자고 아침은 기다리는 사람에게 가지 않고 허
둥허둥 녹비끈 잡아 흔드나 툭 끊어지는 잠, 언 손이

허공을 놓친다

* 만전춘

열치며 나타난 달

당신을 잊은 지 오래

구름 흘러가는 방향과 별꽃이 피는 이유를
묻지 않은 까닭에 보아도 보지 못해요

당신의 뼈가 고스란히 만져질 때
서쪽으로 가는 당신을 보았어요
세상의 길을 다 아는 당신
눈먼 내가 보지 못하는
돌 속의 무늬도 꿰뚫어 보았을 거예요

길을 잃고서야 우러러 보아요
구름을 열치고 나타난 당신을
풍경마다 천개의 달로 뜬 당신
마당 안을 기웃거리다가
잣나무 우듬지를 돌아가는

어두워진 뒤에야 당신을 보아요

길이 열리고 있어요

무늬들이 살아나고 있어요

• 찬기파랑가

오직 그대뿐

그대 오시는 길에
앞집 건너 윗마을 지나 재 너머까지
꽃구름을 꽃그늘을 드리워라

밭두렁 논두렁 따라 남쪽으로 가는데 누가 붙잡는가
높고 높은 용루에 오르니 세상은 눈 아래인데
우러르면 그대 계신 하늘이라
가슴에는 오직 한 분

문득 나타난 또 하나의 보살이여
부디 다음 생에 오너라
빛이 빛을 먹고 차라리 어둠이 된 열흘
밝음도 오히려 캄캄해라
어두울수록 빛나는 당신이
껴안을 어둠은 오직 하나일 뿐

차라리 어둠 속을 건너는 달밤이면 좋으리
견디지 못하여라 불 같은 낮

한 입에 두 숟가락이 들지 못하듯
갈아엎을 두 마지기 밭이랑도 한 마리 소면 족하듯
사랑도 한 가슴에 둘을 품지 못하거늘
하늘에 해는 오직 하나일 뿐

삿되고 헛된 마야여, 내 노래 소리 들리느냐
펄펄 끓다가 쩍쩍 갈라지는 시름과
소금자루 같은 이승의 무게까지
서 발 너 발 흰 명주수건에 쓸어 담아 뿌린다
허공에 꽃이 핀다 꽃이 진다
내가 믿는 건 오직 한 분뿐

* 도솔가

딩하돌아

이별을 위하여
지금은 사랑할 때야

바위 위에 연꽃을 심지 마라
무쇠 옷이 닳도록 기다리지 마라
무쇠 풀 뜯는 소도 되지 마라
사랑은 시간 속에 있지 않아
허망할수록 눈물샘은 깊어
이별 없는 만남도 만남 없는 이별도 거짓말이야
구운 밤 닷 되 심기보다
하루살이처럼 사랑할 일이야
불꽃 한 점 남지 않으면 오히려 기쁜 일이지

이별은 늘 미진해서
먹고 자고 문 밖을 나서는
일상도 순식간인 것을
지금은 죽을 힘 다해 사랑할 때야

이별의 강가에도
우리들의 사랑이 별처럼 반짝이려면
너와 나
지금은 사랑할 때야

딩하돌아 딩하돌아

* 정석가

포기와 선택 사이

듣기만 해도 따뜻한 말
얼음 위의 댓잎 자리 보아
님과 내가 얼어 죽을망정
이 밤 더디 새오시라

얼마나 좋으냐
차가울수록 뜨거워진다는 말
깊숙이 와 박힌 비수처럼
가당찮은 꿈을 꾸었지

긴 밤 서리서리 풀어내던 황진이처럼
애틋하고 간절해서
모르는 길 만나면 서둘러 돌아오고
벼랑 끝 보이면 뒷걸음치며
한 걸음 내딛지 못하면서
그런 역설이 어디 있어

낭만적일수록 누설되는

라라를 찾아 눈 속을 헤매던 닥터 지바고
가슴 두근거리며
겨울로 가는 나는
다시 돌아가지 못할 여름일 텐데

상상만 해도 떠나는 말
포기와 선택 사이에서
수시로 흐림 또는 맑음으로

제5부

우픈 코모이디아

학과 꽃병

서로 다른 꿈을 꾸네
초례청 앞에서
당신은 꽃병 속의 꽃을
나는 창공을 나는 학을

모두 병풍에 그린 그림이네
비바람 몰아칠 적마다
품어줄 이 없네
나는 섬이 되네

붓을 들자 슬픔이
밤새 종이 위에 젖네
병풍을 나간 당신은
가락에 취해 태평한 세월이네

* 규원가

앙간비금도

날아가는 새를 가리키네

다홍치마 노랑저고리 꽃고무신
누런 한지에 고운 빛깔들
용마루 너머 청옥빛 하늘

흔들리는 족두리 용잠을 풀고 간 님
봉숭아 맨드라미 꽃밭에서 취해 잠들고
홀로 타는 촛불마냥 애간장 녹아버리네
문지방에 걸려 넘어진 꿈결에
비구름만 자주 머무네

문고리 흔들고 가는 바람에
고요는 깨어지고 고향집 문앞을 서성이다
시심에 드는 붓끝

시샘 많은 울타리 안은 감옥

씨앗들 영글지 못하고 시드네
능소화 울타리 밖으로 꽃을 내밀 때
흙바람 불어 눈시울을 비비니
흙이 되려 하네
사랑 하나 붙잡지 못하고

구들장이 식는 방안에
문장들만 파고 들어 바스락거리네

* 허난설헌의 서화

도모지*
-이옥봉을 생각하며

세상은 웃는데

나만 혼자 울어요

성애 낀 유리처럼 당신은 차갑고

눈 소식에 달려나간 맨발처럼 나는 가여워요

나란히 신발 벗어두던 섬돌은 선한데

날마다 꿈길로만 걷는 나

당신은 모르지요

당신과 나눈 온기는

국화꽃 위의 가을볕이어요

내쫓긴 사랑은

무르익은 시향 때문일까마는

밤마다 서성거리는 그집 앞

돌길이 다 닳도록 오간 밤

도무지 몰라요

물결이 시를 감았다 풀며

너덜너덜토록 읊조려요
어부가 건진 긴 긴 울음을
입에서 입으로
전설은 구름처럼 가볍고
가슴마다 도모지를 감아요

도무지 모르던 도모지는
이제 당신 곁에 누워요
바다에 버린 시편은
달빛 없는 밤 두런두런
돌아나요 저녁별처럼
푸른 잔디를 덮는 도모지

* 얼굴에 물 묻힌 딱 종이[韓紙]를 밀착해 여러 겹으로 쌓아
죽였다는 형벌로 도모지의 어원이다.

혀꽃

기다림은 질겨요
병풍 속 기러기처럼 먼 곳으로 달아나요

내 혓바닥에 꽃이 필 때
방마다 노랗게 붓질하고
당신과 내가 마주할
방석도 마련했어요
달빛이 흘러드는 창도 내었어요
벽에는 댓잎 그림자가 그려지면 좋겠지요
모란꽃 피는 방에서
포근한 구름 한 장 덮을래요

내 혀가 점점 수다스러워지면
개울가 조약돌처럼 뜨거워질 때예요
허공에 흔들었던 노란 깃발이 바래도록
당신은 느리게 화답하세요

기다림을 믿어요

바람이 전해준 말은 하도 눈이 부셔
별이 지새우는 밤처럼 오래 반짝인다는 것을
그런 날
혀꽃의 언어를 읽는 당신은
먼 길 달려와 천 개의 방에 들어오세요

해바라기꽃 신방에서는
촘촘하게 여물 일만 남았어요

몽견조

여행자는 나무 하나 그려주고 떠났다
검은 가방에 그린 나무는 자꾸 자랐다
붓을 대면 구름까지 닿을 모양이었다
나뭇잎들이 연둣빛 구름으로 피어오를 생각에
두근거리는 마음
꾸욱 누르며 눈을 감았다

태풍이 지나간 뒤였다
버드나무 말뚝에 돋은 새순이 성큼 닭장 위로 올라
섰고
　마당에는 수묵 같은 그늘이 늘어났다
　아이가 처음 붓을 쥐었을 때처럼 경계가 없이

버드나무 위로 새들이 날아오고
한 그루 솟대 머리맡에 세워두고 간 사람

꿈길을 허둥걸음으로 좇아가면
가물거리는 길의 끝자락

먼 자작나무 숲에 가 닿을까

밤새 열사흘 달이 나무 곁에 서성이더니
무성한 이파리 위로 여울지는 달빛
언뜻, 꿈의 끝으로 날아오르는 새

뜬소문

 발 없이 천리를 가는 짐승이 있거든 그것들이 지나
간 자리는 쑥대밭이 되곤하지 녀석의 출처를 좀처럼
알 수 없다는 게 단점이야 자주 안개 속으로 꼬리를
감추기 때문이거든 여기저기 몰려다니며 먼지구름 만
들지만 책임감을 모르지

 뜬소문은 음지식물처럼 그늘을 찾아다니다 새끼치
고 끝내 괴물이 되거든 잡식하는 버릇 때문에 자주
소화불량이 되지 바람의 방향이 바뀔 때마다 악취가
몰려와 골치를 섞이지 누구 오줌발이 더 멀리 가는지
내기하듯 말발 센 척 기운 자랑하다가 시끌벅적 난장
판이 되지 잘난 척 흰소리하다보면 시궁창에 빠지거
나 발길에 차여 오물을 뒤집어쓸지도 모르거든

 약발이 잘 듣는 녀석들은 늘 먹잇감이 되지 입이 커
다란 비단뱀에게 한 번 물리면 빠져나오지 못하고 통
째로 잡아먹힌다지 아니, 엄청난 식욕을 가진 혹등고
래라고 하는 게 낫겠어 수영장을 채우고도 남을 어마

무시한 물을 빨아들인다니 큰 아가리에 수장될지도 몰라 소문난 잔치에 먹을 게 없다보니 늘 배가 고프거든

  찢기고 뭉개지고 때묻은 쓰레기들도 뒤지는 족속이 있지 이리저리 짜깁기해서 요긴하게 써먹겠다는 거지 그럴듯한 포장지로 싸서 울컥거리는 감정 하나 살짝 집어넣으면 멋지게 부활하거든 매립지 위에 피는 꽃처럼, 우픈 코모이디아*라고 할까 난지도 꽃밭 위로 바람이 지나가고 벌 나비가 날아들 거라는

* 희극을 뜻하는 코미디Comedy라는 말의 어원

어머님가티 괴시리 업세라

달 속에 그늘 들 줄 몰랐네
우리들이 둥글게 차오를 때마다 야위는 보름달은
망초꽃보다 흔한 보통의 이름,
엄마가 그믐달로 이울었네

캄캄한 어둠 속에서 오래된 소리 듣네
쏴악쏴악 비질하던 아버지 어둠을 쓸어 새벽을 부르면
달그락 달그락 흰 수건 두른 어머니 부엌을 깨웠네
꿈길인 듯 아닌 듯 귀가 열리고 눈 비비고 일어났네

엄마는 밥이었네
엄마 엄마 부를 때는 배고파 밥 달라는 소리
마당에 들어서면 책가방보다 먼저 던지는 말
육 남매 건사하기 어려워라 부엌에서 장광으로 들락날락
닳아서 버린 십 구문 고무신은 몇 개나 될까
밥솥이 들썩들썩 더운 김 흐를 때 이마에 흐르던 땀방울 보았네

홍두깨로 국수 밀고 오물조물 반달 송편 빚고 거랑에서 빨래하고
　다듬이질 뭣도 모르고 따라하고 싶었네
　조막손이 풍구 돌리고 숟가락 놓고 고추 따고 소금 내오면
　우리 집 살림 밑천 착하다 착하다 칭찬이 좋았네

　엄마는 내 거울 속에 자주 들락거렸네
　먼 곳에 차린 살림 못 미더워 보낸 편지글
　'여식 보아라' 세로줄 글씨체를 내방가사처럼 읽고 또 읽었네

　육남매가 갉아 먹은 달은 빛을 잃어버렸네
　감태나무 열맷빛 속에 더듬더듬 찾아보는 어머니
　칡꽃 피는 언덕에 복수가 찬 배로 누워
　다 늦은 저녁 흩어진 별들을 불러 모으네
　위 덩더둥셩
　어마님가티 괴시리 업세라

낮꽃* 피다

울타리에 걸터앉아 한눈파는 건
장미의 오래된 습관이다

눈웃음 지으며 입술이 달싹거려도
너의 수심을 몰라 아리송하다

우리는 마주 피는 꽃
바람이 잦아들지 않는 그곳에서
붉으락푸르락 피는 꽃

너를 향해 봉오리지고
활짝 피었다 진다

꽃잎이 흔들리는 건 바람 탓이 아니야
기댈 수 없는 가시 탓이야

어수선하게 돌아누운 낮꽃들
뒤척거리는 꿈자리처럼

서로에게 닿지 못하고
번번이 빈손이다

* 얼굴에 드러나는 감정의 표시

을야乙夜

아랫목에 풀어놓은 잠귀 속으로
건너오는 가마니 짜는 소리
창호지에 감나무 그림자 흔들리고
아궁이의 불씨가 노랗게 익는 밤
아비가 하루의 연장들을 걸어두면 달이 기운다
팽팽하던 낮 시간들이 실구리처럼 풀린다
담 너머 산적 굽는 냄새 건너오는 밤은
제상 위에 밤 대추 곶감 배를 괴고 있을 테지
골목에 알 전구가 홍시처럼 열리면
잠을 떼어내며 하나 둘 모여드는 자손들
향내 스미듯 묻어온 손이 좌정하자 지방이 잠깐 흔
들렸을 테지
어둠을 빨아들인 을야는 삼경으로 가는 길목
별이 된 자들이 내려오고
산짐승들의 울음소리 내를 타고 내려온다

다시 온다던 이를 위해 을야에 머언 불을 켜는 사람
이 있다

푸른 고래

엄마, 천만 줄기로 흐르는 저 빗줄기가 마당을 지나
금새 도랑이 되고 콸콸 넘쳐 샛강으로 흘러들면 꽃이
핀다고 했지요 푸른 고래 등에 피어 먼 바다로 간다고

자옹자옹, 울음인지 웃음인지 옹알이하는 어린 것
들 감자밭 두둑이 툭툭 터지듯 갈라지고 쏟아져나온
씨알들 당신의 해진 홑치마 구멍으로 빠져나갔지요

아득히 멀어지는 수평선 끝 푸른 고래등에 너울꽃
필 때 우우우 고래들의 노랫소리에 실려오는 용연향
을 맡겠지요 분수처럼 솟는 물기둥에 무지개를 보겠
지요

우리 민족의 주제·재제 전통 모티프

유한근

우리 민족의 주제·재제 전통 모티프
- 송복련의 시집 《서쪽으로 가는 달에게》

유한근

(문학평론가·전SCAU대 교수)

송복련의 시집 《서쪽으로 가는 달에게》의 서문 〈시로 듣는 옛 이야기〉를 읽으면, 필자의 말이 동어반복에 지나지 않겠지만, 이 시집을 명증하게 이해하는 단초가 되는 말임을 알 수 있다. 중국 "고구려 유적지를 찾아"가서 "벽화를 보기 위해 5호 묘에 들어섰을 때, 어둠 속에 채색화들은 오랜 침묵이 답답해 세상 사람들에게 꿈을 드러내고 있었"는데, 그것을 보는 동안 "신들은 모두 날개를 가지고 하늘을 날아다"니고, "보일 듯 말 듯 그림들이 청홍백과 흑의 빛깔로 돌 위에 동그랗게 떠오르다가 깜빡 사라지는 것을 보았"다는 것이다. 그런데 "삼국유사를 읽을 때도 그랬"고, "노래와 서사를 읽어가는 동안 우리처럼 꿈꾸고 사랑하고 원망하고 행복을 갈구하는 것을 알았"다는 고백이 그것이다. 여기에서 특히 주목할 언어는 '삼국유사의 노래와 서사'이다. 여기에서의 노래는 신라가요 향가와 고려속요이고 서사는 《삼국유사》와 《동국여지승람東國輿地勝覽》 등에서 소개되고 있는 설화들을 의미한다. 이 《삼국유사》의 노래와 서사를 모티프로 하여 시인은 "다른 판타지의 세계"를 그린다. 그것을 시인은 "과거로 회귀해서 감정이입을 하며 주인공이 되어 보는 일은 즐거운 상상"이고, "시대를 거슬러 올라가는 또 다른 판타지의 세계"라고 하지만, 그것은 지금 이 땅에서 살고 있는 우리에게는 미래가 되어야 하며 미래의 정서와 삶의 본체가 되어야 한다.

필자는 그의 첫 시집 《꽃과 노인》의 시집평 〈해체·융합시대, 시 전망의 한 전형〉 끝 부분에서 "크로스오버 시대에 조응하는 그의 문학세계를 환기할 때, 그는 시인으로서 새출발을 하면서 우리가 바라는 시세계를 이룰 것으로 믿는다. 그것이 어떤 형태의 것인지 기대된다"고 마무리하면서, 개인적인 계승과 도전을 기대했다. 마치 이에 화답하듯이 송복련 시인은 이 시집 《서쪽으로 가는 달에게》를 한국시단에 던진다. 그때 필자는 송복련 시의 전망에 대해 이렇게 정리했다. 이는 이 시집에서도 유효하다. "고대의 신화·설화·전설은 현대인들에게도 인간 삶의 원초적 삶의 원형과 정서의 본질이 들어 있다. 현대물질문명에 오염되지 않은 인간 삶의 원형이 그곳에 있기 때문이다. 시가 인간의 원초적 정서를 표출해 내는 것이라고 할 때, 시인은 그곳에서 우리의 삶의 모습과 정서를 끌어내야 한다. 이런 자명한 시인의 소명감으로 송복련은 〈도미 섬이 되네〉·〈이보시오 서동〉·〈진평왕의 죽간〉 등 일련의 시를 시도한다. 전자의 도미부인 이야기는 전설에서, 그리고 후자의 두 편은 삼국유사의 이야기를 형상화한 시이다. …… 몇 편의 신화·원형적인 시에서 확인했듯이, 그의 문학작품의 공간은 인간 삶의 본체와 본질 규명을 위해 새 지평을" 본격적으로 열기 위해 이 시집을 펴낸다. "미당의 《질마재 신화》에서 보여주었던 그 지평과는 다른 공간을" 어떻게 새롭게 보여주고 있는가를 탐색하기 위해서이다.

1. 신라향가의 현대적 변용

우리의 고대가요는 신라향가와 고려속요들이다. 전자의 신라가요는 《삼국유사》에 14수가, 《균여전》에 11수가 실려 있고. 후자인 고려가요는 《악학궤범》·《시용향악보》·《악장가사》 등 악서에 실린 노랫말인 이야기시이다. 이 노래들은 당대의 우리 서민들이 불

렀던 노래로 우리 민족에게는 공자의 《시경》을 능가하는 고대시가이다. 따라서 신라향가와 고려속요는 한국시의 원형적인 모습이며, 불멸의 고전이다. 형태뿐만 아니라 정서와 삶의 모습의 원형이라 할 수 있다. 다만 우리 언어가 없어 순수한 우리 글로 표현되지 못하고 향찰 혹은 이두吏讀, 즉 당대의 차용문자인 한자 음音과 훈訓을 빌어 표기된 것이 아쉽지만, 그 속에는 우리 민족의 얼, 그 원형이 함유되어 있다.

신라가요를 모티프로 해서 시를 쓴 시인이 많다. 특히 〈처용가〉를 모티프로 해서 쓴 시인들이 많다. 그러나 처용을 시적 화자 혹은 시적 자아로 한 시가 대부분이고 역신이나 처용의 여자를 모티프로 한 시는 드물다. 송복련 시 〈역신의 질투〉는 역신이 시적 화자이다. 역신은 처용의 아내를 범하는 자이다. 그 자가 시적 화자로 노래한다.

달빛에 홀리던 밤/ 모란꽃 같은 여자는/ 혼곤한 잠속/ 몰래 기대어 누워 보네/ 마음이 내게로 흐를 리 없지만/ 사내의 낯빛이/ 얼마나 무르고 단단할지/ 대꼬챙이로 가슴팍을 찔러 보고 싶어요/ 당신은/ 잘 익은 오딧빛 얼굴로 들어와/ 모르는 척/ 문을 닫고 가버려요// 당신은 춤꾼/ 소매 끝에/ 시름이 배꽃처럼 흩어지고/ 그늘도 접었다 펴는 날갯짓/ 절정으로 가는 춤사위는/ 당초무늬 넌출넌출 뻗어가고/ 들었다 놓는 걸음걸음마저/ 미더웠지요/ 당신은 이제 신라의 사내/ 감았다 풀리는 소매 끝으로/ 높이 뜬 달을 감싸 안았다 놓아주네요/ 명줄을 잡았다 놓는 성깔로는/ 사랑이 가당키나 하겠어요/ 당신 그림자는 밟지도 않겠어요

- 시 〈역신의 질투〉 전문

역신은 처용의 처를 '모란꽃 같은 여자'로 인식한다. 그리고 처용을 위의 시에서 '낯빛이 무르고 단단한 사내', '가슴팍을 대꼬챙이로 찔러 보고 싶은 사내', 술 때문이기는 하지만 '잘 익은 오딧빛'이라고 감각적으로 인식한다. 그리고 아내를 범하는 현장을 보고도 춤을 추는 처용의 모습을 "당신은 춤꾼/ 소매 끝에/ 시름이 배꽃처럼 흩어지고/ 그늘도 접었다 펴는 날갯짓/ 절정으로 가는 춤사위는/ 당초무늬 넌출넌출 뻗어가고/ 들었다 놓는 걸음걸음마저/ 미"덥다고 인식한다. 그래서 "당신은 이제 신라의 사내"라고 찬양한다. 그리고 "감았다 풀리는 소매 끝으로/ 높이 뜬 달을 감싸 안았다 놓아주"는 행위자로, "명줄을 잡았다 놓는 성깔로는/ 사랑" 따위는 당신에게는 중요하지 않기 때문에 "당신 그림자는 밟지도 않겠"다고 역신은 노래한

다. 처용의 관용이 역신을 감동시킨 셈이다.

이 역신의 노래에서, 대범한 신라의 사내인 처용의 모습을 보고, 역신은 다시는 당신의 그림자조차도 밟지 않겠다고 약속하는 것이 감동의 보답이다. 그 후로 귀신을 쫓기 위해 추는 춤을 처용무라고 하는 이유가 이 때문이다. 처용무는 남자의 춤이다. 오방五方을 상징하는 흰색·파란색·검은색·붉은색·노란색 등 다섯 가지 색의 의상을 입은 다섯 명의 남자들이 추는 춤으로 궁중 연례에서 악귀를 몰아내고 평온을 기원하는 전방위에 복을 비는 춤으로 이 처용설화를 근간으로 하여 전래된 한국의 전통춤인 셈이다.

이승의 막다른 골목에서/ 캄캄한 나는,/ 길을 잃고 말겠지요/ 두억시니 거두어 간 당신의 숨을/ 기다란 넋대로 건지려 들겠지요/ 제석천왕 일월성신 십이대감 모두 불러내어 머리카락 한 올까지도

당신은 강 건너 물양귀비꽃을 보았나요/ 여기도 해당화 피고 청도요새 노래도 들리는데/ 강의 저쪽으로 가려는 당신

우리 사이에 강이 놓이면/ 사내들은 선술집 뚝배기처

럼 만만히 보고/ 주발에 대접이며 종지까지 덩달에 추근
댈 텐데/ 수심을 모르는 소금쟁이처럼/ 지나가는 자리
마다 번지는 파문들/ 수근수근 입방아는 오죽할까/ 그
래도 좋다면야/ 어디 한번 그 강에 빠져봐요

- 시 〈그예 강을 건너신다면〉 전문

〈그예 강을 건너신다면〉은 〈공무도하가公無渡河歌〉
혹은 〈공후인〉라 불리는 향가를 모티프로 한 시로 보
인다. 이렇게 판단할 수밖에 없는 이유는 이 시의 경
우에는 강을 건너 다른 편 쪽으로 가는 특정한 당신,
아니면 백수광부로 표상되는 그 누구일 수도 있기 때
문이다. 그러나 이 시는 제목도 그렇고 행간 속의 내
용이 그러하기 때문에 설화를 배경으로 한 시로 이해
해도 좋을 것으로 보인다.

그 이야기는 이렇다. 많은 분들이 알고 있겠지만.
뱃사공인 곽리자고가 새벽에 일어나 배를 저어 나가
는데 흰 머리의 미친 사람 즉 백수광부白首狂夫가 술병
을 들고 물을 건너가자, 그 아내가 쫓아가며 말리는
광경을 목격하게 된다. 그러나 그 흰머리 사내는 결국
물에 빠져 죽었다. 이에 따라 그 아내는 슬퍼하며 공
후를 타며 노래를 지어 부르며 자결하게 된다. 이 광
경을 목격한 뱃사공인 곽리자고가 돌아와 아내 여옥

에게 자신이 본 광경과 노래를 이야기해 주자, 여옥은 그 소리를 본받아 공후를 타고 노래한다. 그것이 즉 〈공무도하가〉이다. 그러니까 이 노래는 백수광부의 처의 노래이지만 그것을 옮긴 사람은 뱃사공의 처 여옥이기 때문에 두 여인의 공동작인 셈이다.

이 이야기를 배경으로 하여 송복련 시인은 '그예 강을 건너신다면'을 화두로 "이승의 막다른 골목에서/ 캄캄한 나는,/ 길을 잃고 말겠지요"라고 고백한다. 그 것은 "당신은 강 건너 물양귀비꽃을 보았나요/ 여기도 해당화 피고 청도요새 노래도 들리는데/ 강의 저 쪽으로 가려는 당신" 때문이라는 것이다. 강 건너 저 승으로 가는 당신 때문이라는 것이다. 하지만 선술집의 사내들은 "주발에 대접이며 종지까지 덩달에 추근 댈"것이고. "수심을 모르는 소금쟁이처럼/ 지나가는 자리마다 번지는 파문들/ 수근수근 입방아는 오죽할 까"라며 소문만 즐길 것인데 왜 강에 빠지려 하는가를 묻는다. 그리고 "그래도 좋다면야/ 어디 한번 그 강에 빠져봐요"라고 강을 건너지 말라고 우회적으로 위협 조로 내지른다. 향가 〈공후인〉과는 다른 정조로 변용 했지만 재미있다. 현대여성의 정조를 반영하고 있어 흥미롭다.

그러나 이 시에서 주목되는 부분은 "두억시니 거두

어 간 당신의 숨을/ 기다란 넋대로 건지려 들겠지요/ 제석천왕 일월성신 십이대감 모두 불러내어 머리카락 한 올까지도"에서 한국의 토속신앙인 무교언어로 "제석천왕 일월성신 십이대감"을 차용하고 있는 점이다. 강에 빠진 넋을 건지는 혼건지기굿의 연상하게 해주고 있는 것이 그것이다.

시 〈꽃잠〉의 첫 연은 이렇게 시작된다. "쳐다보기도 아득한/ 벼랑 끝에/ 한 떨기 진달래꽃으로 피었소/ 우러르는 순간이/ 죽음처럼 아찔하고 핏빛으로 뜨겁소" 그것으로, 신라가요 〈헌화가〉의 노옹의 노래를 떠오르게 한다.

《삼국유사》 권 제2 기이 제2 '수로부인水路夫人' 편에 수록된 암소 끌고 가던 노옹의 이야기. 그 늙은이의 노래를 송복련 시인은 2연에서 절벽을 꽃을 꺾어 바치기 위해 "허공을 건너는 새처럼 날고 싶소/ 바위 끝에 걸린 미인도는/ 까마득한 거리/ 몰던 소의 고삐도 놓아버리고 싶소/ 길든 소는 제 길을 찾아갈 것이오"라고 변용시키면서, "흰 머리를 괴념치 마오/ 멀리서 바라보는 순간/ 진달래꽃물 번지듯/ 제 마음은 물들고 있소"라고 연심을 고백한다. 그러면서 그것이 "소등에 올라 피리 불며가는 꿈/ 깨지 않는 잠이길 바라오"(끝연)라고 노래한다.

이 시와 대비를 이루고 있는 시가 〈수로부인 行〉이다. 여기에서의 '행行'의 훈은 행하다라는 의미가 아니라, '노래'라는 의미로 이 시는 '수로부인의 노래'하는 제목이다. 이 시에서 우선 먼저 주목되는 것은 1연의 "꽃은 저리 붉은데/ 가파른 절벽 같은/ 아득한 거리"는 "캄캄한 외로움"이라는 인식이다. 그리고 2연의 수로부인의 "한 다발의 진달래꽃이 되고 싶은 욕망/ 까마득한 거리가 두렵지 않소/ 끝없이 출렁거리는 이 마음은/ 바위에 사정없이 부서지고 있다오"라는 헌화가를 부르는 노옹의 마음을 사랑으로 이해하고 있는 것, 그것은 발칙한 상상력의 소산이다. 그리고 마지막 연의 "흰 머리카락 너머에 그대는 분명/ 소의 고삐를 놓아버린 동자의 얼굴이었소/ 당신이 끌던 소가 이제 내 마음을 끌고 가요/ 남 모르게 새어나오는 웃음을 옷소매로 가리지만/ 눈웃음만은 감출 수가 없네요/ 나는 이제 당신의 꽃이 되어요/ 당신에게 한 폭의 그림이오"로 마무리하고 있는 시인의 발칙한 상상력이 삼국시대와 현대의 경계를 초월한다.

2. 고려속요의 시적 변용

시 〈열치며 나타난 달〉은 향가 〈찬기파랑가〉의 첫 구절 "열치매 나토얀 ᄃᆞ리"이다. 이 구절이 이 향가의 백미이다. 그러나 송복련의 이 시에서의 백미는 후반부의 "길을 잃고서야 우러러 보아요/ 구름을 열치고 나타난 당신을/ 풍경마다 천개의 달로 뜬 당신/ 마당 안을 기웃거리다가/ 잣나무 우듬지를 돌아가는// 어두워진 뒤에야 당신을 보아요/ 길이 열리고 있어요/ 무늬들이 살아나고 있어요"(시 〈찬기파랑가〉 끝 두 연)이다. 향가 〈찬기파랑가〉는 기파랑이라는 화랑을 찬양하는 노래라고 한다면, 송복련 시 〈열치며 나타난 달〉은 "천개의 달로 뜬 당신"이기 때문에 "길을 열어주는" 존재. 특히 "무늬들이 살아나"게 하는 존재이다. 백제가요인 〈정읍사〉의 달과 같은 존재이다. 어둠을 밝게 밝혀주는 존재, 신 같은 존재. 부처와도 같은 존재라는 점에서, 의미를 확장시키고 있다는 점에서도 주목된다.

백제가요인 〈정읍사〉를 모티프로 한 시는 〈봇짐장수와 달〉이다.

내가 걸어간 길은/ 어제 삼십 리 지나 오늘은 시오리 길/ 모두가 장터로 가는 길/ 바람 불고 추운 날도/ 한뎃잠 자며 떠도는 봇짐장수/ 허기진 걸망이 무겁다/ 끼니를 놓치고 어느 처마 밑/ 차가운 바람벽에 기대어/ 짐 부려 베개 삼아 잠을 청하는 밤// 이웃집 사립문 위로/ 길쓸별이 스칠 때/ 솥뚜껑 열리는 소리 들린다/ 사랑하는 이가/ 뜨신 아랫목에 밥상을 차리면/ 구수한 시래깃국에서 연신 김이 피어오르고/ 쥐눈이콩 같은 눈동자가 빛나는 아이들/ 숟가락 부딪고 재잘거리는 소리들/ 흙벽 안에서의 일들이 하나씩 넘어온다// 세상과 흥정은 여의치가 않아/ 굳은살 박인 어깨로 짐져 나르며/ 비단 만지던 손이 헐렁한 주머니만 매만진다/ 타는 목마름에 술청에 앉아 잔을 기울인다/ 봉놋방에서 일확천금을 꿈꾸다가/ 주머니 털리고 마음마저 털리면/ 마음 둘 데 없어 찾아가는 집/ 길은 자꾸 솟았다 가라앉아 멀기만 하다/ 아내의 엉덩짝만한 보름달이 중천에 뜨도록/ 이리저리 헤매다 잠이 드니/ 꿈속이 더 가깝다/ 물가에 연등처럼 뜨는 얼굴 하나

- 시 〈봇짐장수와 달〉 전문

"돌하노피곰 도드샤 어긔야 머리곰 비취오시라"라고 시작되는 〈정읍사〉는 장사를 떠나 오랫동안 돌아오지 못하는 남편의 무사귀환을 기원하는 백제가요이다. '즌 뒤'에 빠지지 않도록 길을 밝혀달라고 달에게 비는 노래이다. 여기에서의 '즌 뒤'(진 데)'는 객주집

128

같은 질척이는 곳, 도적 소굴같은 험한 곳 등으로, 가서는 안될 장소를 의미한다, 그런 곳에 빠지지 않고 몸 성히 돌아오도록 달님에게 기원하는 노래인데 반해, 위의 〈봇짐장수와 달〉은 자상한 봇짐장수의 아내로서 디테일하게 서사를 구성하고 있다는 점에서 주목된다. 특히 결말 부분 "아내의 엉덩짝만한 보름달이 중천에 뜨도록/ 이리저리 헤매다 잠이 드니/ 꿈속이 더 가깝다/ 물가에 연등처럼 뜨는 얼굴 하나"를 리얼하게 부각시키면서 고대시의 현대화를 꾀하고 있다는 점에서도 주목된다.

이렇듯 신라가요를 현대시로 변용시키고 있는 다른 한편에서는 고려가요를 모티프로 한 시들을 쉽게 접하게 된다. 고려가요 〈정석가〉의 한 구절을 서두로 하여 쓴 〈뒷맛〉, 〈쌍화점〉을 모티프로 해서 쓴 시 〈만두 빚는 남자〉·〈회회아비〉, 〈만전춘별사〉를 모티프로 한 시 〈만전춘〉·〈정든 밤 더디 새오시라〉·〈월식〉 등, 그리고 〈가시리〉·〈서경별곡〉 등을 모티프로 한 시 등이 그것이다.

고려속요의 특징 중 하나는 공통적으로 후렴구(여음)가 있다는 것이다. 예컨대 〈정읍사〉의 '어긔야 어강 됴리 아으 다롱디리', 〈서경별곡〉의 '아즐가', '위 두어 렁셩 두어렁셩 다링디리', 〈동동〉의 '아으 動動다리' 등

후렴구들이 노래로서의 면모를 갖추기 위해 운율적으로 장치된다는 점이다. 한 편의 노래로서의 동질성 가치를 지니기 위해서이다.

이러한 고려속요의 특징을 갖춘 시가 〈쌍화점〉을 모티프로 한 시 〈회회아비〉이다. '쌍화'는 만두를 뜻하는 음차音借언어다. '회회아비'는 이 시가의 등장인물로 몽골인을 의미한다. 이 외국인과 만두 사러 갔던 아낙이 어우러지는 이야기라 해서 조선조에는 남녀상열지사男女相悅之詞로 지목받은 노래이다. 〈쌍화점〉의 후렴구는 "더러둘셩 다리러 디러 다리러 디러/ 다로러 거디러 다로러" "위위 다로러 거디러 다로러"이다. 이를 차용하여 송복련의 시 〈회회아비〉는 "더러둥셩 다리러디러" "더러둥셩 다리러디러 다리러디러" "위위 다로러 거디러 다로러"를 여음으로 한다.

입소문 듣고 찾아간 골목 안
안개 피는 솥 앞에서 온몸 구수하게 젖는데
말가이 모자 쓴 남자 볼살 터지도록 웃고 있네
왼손에 피를 얹고 오른손으로 쓰윽
속을 밀어넣어 오므리자
온달이 뜨네 주름꽃이 피네

더러둥셩 다리러디러

입으로는 손님을 부르고 눈으로 거는 수작
덤으로 줄듯 말듯하던 솥뚜껑만한 손이
덥석 내 손을 잡네
손목을 잡아 끄네
만두 속 같은 불룩한 배를 보니 허기를 부르네
은근슬쩍 꽁무니 빼자
군침만 삼키던 사내 달아오르네

더러둥셩 다리러디러 다리러디러

만두 맛보다 속 깊은
회회아비
누가 볼까 무섭네
나명 들명 소문난 가게
만두는 핑계였네
그 자리에 가 본 이는 아네
살맛이 일품인 줄로만 알게

위 위 다로러 거디러 다로러

－ 시 〈회회아비〉 전문

〈회회아비〉는〈쌍화점〉1장의 "솽화뎜雙花店에 솽화 雙花 사라 가고신된/ 휘휘回回아비 내 손모글 주여이 다/ 이 말숨미 이 뎜店밧긔 나명들명/ 다로러 거디러/ 죠고맛간 삿기광대 네 마리라 호리라"를 모티프로 하 여 창작한 시이다. 이를 위의 시에서는 2·3연이 차용 하여 풀어 쓰고 있다.

그러나 이 시에서 간과할 수 없는 부분은 1연이다. 특히 "말가이 모자 쓴 남자 볼살 터지도록 웃고 있네/ 왼손에 피를 얹고 오른손으로 쓰윽/ 속을 밀어넣어 오 므리자/ 온달이 뜨네 주름꽃이 피네"에서 "말가이 모 자 쓴 남자"는 몽골모자를 쓴 사내로 '솽화뎜(쌍화점)' 주인이다. 그 남자가 만두 만드는 모습을 표현하고 있 는 시행으로, 특히 그 만두의 이미지를 "온달이 뜨네 주름꽃이 피네"로 표현하고 있는 부분이 주목된다.

이를 송복련 시〈만두 빚는 남자〉에서는 이렇게 표 현한다. "그녀에게 갈 때는/ 분칠한 손이어야 한다/ 말랑말랑해질 때까지/ 주물러야 순해지는 덩어리/ 굴 리고 밀어내어 온달이 손 위에 뜬다"고 만두와 여자와 달의 이미지를 입체적으로 유기화하여 표현한다. '온 달'이라는 이미지로 그리고 있는 것이 그것이다. 이 시의 2연에서는 회회아비가 고향을 그리워하는 마음,

그 이야기를 이렇게 표현한다. "아직도 초원의 바람 냄새를 맡는 구릿빛 근육/ 수리새 나는 하늘과 초원 뿐인 곳으로 양떼 몰던 날과/ 게르에 둘러앉던 두고 온 모두를/ 제 빈 속을 채우듯 꽉꽉 채운다/ 뜨겁게 익어가는 고향냄새/ 피어오르는 안개 속에서/ 흑염 소 눈을 닮은 그녀가 웃고 있다"가 그것이다. 그리고 마지막 연인 3연에서는 만두를 먹는 아낙과 회회아비 의 사랑을 긍정적으로 그린다. "한 입에 덥썩 물고 있 는 그녀/ 뜨거운 김 내뿜는데 눈은 초승달로 휜다/ 만 두 속이 터지듯 내 속이 으깨지고/ 내 손맛을 사랑하 는 그녀를 위해/ 월피동 꽉 찬 만두가 되리/ 회회아비 가 꾸는 꿈이 익는다"가 그것이다.

새벽은
기다리는 이들에게 보내고

어둠은
달과 별에게 맡겨 두길

이밤은
차라리 달마저 얼리고 싶어라

얼음 위에 댓닢자리 보아 그대와 내가 얼어죽을망정

정둔 오늘 밤 더디 새었으면 더디 새었으면

- 시 〈만전춘〉 전문

　〈만전춘〉은 고려속요 〈만전춘별사滿殿春別詞〉를 모티프로 한 시이다. 〈만전춘별사〉는 "어름 우희 댓닢 자리 보와 님과 나와 어러 주글만뎡"을 첫행으로 하는 님과의 영원한 사랑을 염원하는 고려가요이다. 이러한 첫 행의 내용을 위의 시에서 4연이 끝연의 끝행 "정둔 오늘 밤 더디 새었으면 더디 새었으면"으로 표현하면서 이를 위해 "어둠은/ 달과 별에게 맡겨 두길// 이밤은/ 차라리 달마저 얼리고 싶어라"로 이 밤을 묶어두고 싶은 시적 화자의 염원을 표현하고 있다.

　같은 맥락의 시 〈정둔 밤 더디 새오시라〉은 '정둔 밤'을 섬세하게 묘사하고 있다. 이 시의 전반부 5행이 그것이다. "님이 오신다는 기별에 명경을 당기니/ 두 뺨에 복숭앗빛이 번지고/ 눈썹에 기러기는 삐뚤삐뚤 어긋나네/ 두근거리는 가슴이야 터질 듯 부풀며 조여들어/ 훌쩍 치마를 걷어붙이니 하얀 속곳이 민망해라"가 그것이다. 그리고 "헝클어진 머리 틀어올리는 손에 비취빛 옥반지는/ 그대와 머리 풀며 나눈 약속인 줄 안다마는/ 그래도 못 미더워 눈길은 문 밖으로

만 가네/ 여남은 번도 더 들락날락거린 삽짝 앞에서/ 봄바람에 실려 오는 소리 새소린가 나귀방울인가/ 애타는 줄 모르고 그대 걸음은 어이 이리 더딘가"의 시적 화자는 애타는 마음을 미학적으로 극대화시킨 부분이다. 그리고 "내 속인 듯 말없이 촛불이 타며 흘러내리고/ 펴 놓은 이부자리로 자주 손이 드나드네/ 아랫목이야 식은들 어떠랴"는 사랑의 열정은 "얼음 위에 댓닢자리 보아 그대와 내가 얼어죽을망정/ 정둔 오늘 밤 더디 새었으면 더디 새었으면"을 뒷받침한다.

3. 고대설화의 시적 변용

《삼국유사》는 삼국과 가락국, 고조선 이하 여러 고대 국가의 신화·전설·역사·고승의 설화 행적·효행이야기 등이 수록되어 있는 정사가 아닌 유사로 삼국시대 이야기이지만, 일연에 의해 고려시대에 와서 문자로 정착된 유사이다. 왕조 중심의 정사가 아니라, 왕가는 물론이고 백성들의 설화를 담고 있고 우리 민족의 정통 설화라 할 수 있기 때문에 앞서 언급한 것처럼 우리 민족의 삶의 원형적 모습이 반영된 유사이다.

강물을 거슬러 올라가던 그날 우리는 물속으로 첨벙 뛰어든 물오리 떼였지 갯버들 나긋나긋 춤추는 봄볕에 홀렸을 뿐 봄물이 들어 출렁거렸던 게지 바람과 한통인 너 때문만은 아니야

몰래 꽃을 피운 순간, 쫓고 쫓기는 질주 끝에 너는 시린 하늘이 되었어

복수초 노루귀 바람꽃 피는 양지를 떠나 축축한 강기슭 이빨을 드러내며 얼었다 녹는 고드름 열리는 캄캄한 밤이었어 배고픈 산짐승소리 얼음 위로 건너오고 귀신새 울음소리가 건너가는

만삭으로 누워 몸을 푸는 아침 너를 닮은 얼굴 밀어낸다. 먼 하늘은 눈시울이 붉어지고 솟대처럼 상고대 위에 새가 날아오른다 무성하게 흩어지는 하얀 소문들

– 시 〈유화柳花〉 전문

〈유화〉는 하백의 딸 유화 이야기로 《삼국유사》 권제1 기이 제1 '고구려'에 나오는 이야기이다. 유화부인은 천제의 아들인 해모수를 만나 고구려를 건국한 주몽을 낳게 되는 여인이다. 위의 시 〈유화〉에서의 시

적 화자는 유화부인이고 '너'는 해모수이다. 2연의
"몰래 꽃을 피운 순간, 쫓고 쫓기는 질주 끝에 너는 시
린 하늘이 되었어"에서의 "너는 시린 하늘이 되었어"
의 시린 하늘이 해모수이기 때문이다.

4연의 "만삭으로 누워 몸을 푸는 아침 너를 닮은 얼
굴 밀어낸다. 먼 하늘은 눈시울이 붉어지고 솟대처럼
상고대 위에 새가 날아 오른다 무성하게 흩어지는 하
얀 소문들"은 주몽 탄생과 그 탄생의 축복의 이미지를
판타지로 그리고 있는 부분이다. 해모수와 유화의 만
남과 주몽의 탄생이 이 시의 이야기인 셈이다.

이에 반해 〈물고기자리〉는 각 연의 첫행이 "수로"
라 호칭하고 있는 것. 그리고 파사석과 반수리라는 시
어를 통해 이 시는 인도에서 온 허황후를 모티프로 한
시로 보인다. 허황후가 싣고 왔다는 돌, 파사석과 그
지역의 피리인 반수리라는 악기가 그것이다.

수로,/ 갈매기가 날기도 먼 신행길/ 물이랑 너울치는
파도 위에서/ 심중에 파사석을 얹으니 흰수염고래가 따
라오네/ 망산도에서 기다리는 당신 얼굴에/ 잘 익은 살
구빛 번질 테지요// 수로,/ 결혼은 굿판, 잔치마당이 예
고하네/ 동편이 청동검을 치켜들고 기세 좋게 덤비면/
서편은 물살을 가르며 뱃노래 높고/ 새끼줄 잡고 당겼

다 놓았다/ 아슬한 순간들마다 손에 땀을 쥐어요/ 물과
뭍이 만났으니/ 파도 소리는 차라리 노래쯤으로 여깁시
다// 수로,/ 문구멍 사이로 반짝이는 저 별빛들/ 황촛불
이나 먼저 꺼둡시다/ 춤사위와 반수리* 소리 시들해지
고/ 하늘이 먹물처럼 캄캄해지면/ 물고기자리처럼 마주
누워요

- 시 〈물고기자리〉 전문

물고기자리는 황도 십이궁 중 하나의 별자리로, 그
상징은 서로 연결된 두 마리의 물고기가 서로 반대 방
향으로 헤엄치는 모습을 그린 현상으로 마지막 시행
"물고기자리처럼 마주 누워요"를 연결되는 별자리이
다. 이 별자리는 고대 메소포타미아 문명에 유래한 별
자리로 알려져 있다. 아프로디테와 에로스가 유프라
테스강에서 정취를 감상하고 있었는데, 어느 날 괴물
티폰Typhon이 나타나 깜짝 놀라 물고기로 변신해 강
으로 뛰어들었다가 후에 하늘로 올라가 별자리가 되
었다는 신화로 알려져 있다. 이 신화를 방영하는 것처
럼 이 시의 마지막 구절인 "하늘이 먹물처럼 캄캄해지
면/ 물고기자리처럼 마주 누워요"가 신화를 함유하고
있어 이 시의 핵이 된다.

우린 그늘에 핀 꽃이었어

아비의 금관은 너무 무거웠고 높은 담장은 감옥이었어

한 마리 나비되어 저승에서 이승으로 스며든 밤이었지

오색구름과 향기 속에 옷고름이 풀린 뒤

이슬 맺히듯 눈물 달고 살았어

얘야,

왕족의 먼발치보다 어둠이 차라리 편하더냐

도깨비 패거리와 난장을 치다 징검다리 건너듯 낮밤

을 오갔니

신명나게 먹고 마시고 춤추는 놀이마당은

그늘을 모르는 이야 한낱 분탕질이지

눈에 불을 켠 허깨비일 뿐

— 시 〈도화녀가 비형랑에게〉 전문

〈도화녀와 비형랑에게〉는 《삼국유사》 권 제1 기이
제1 '도화녀와 비형랑'의 설화를 모티프로 하여 쓴 시
이다. 이 설화는 신라 제25대 진지왕이 생전에 아름
다운 여인인 도화녀를 범하려다가 실패했지만 죽은
후 도화녀의 방으로 들어가 7일 동안 머물고 갔는데,
그 후 달이 차서 한 사내아이가 태어나게 된다. 그 아
이가 비형랑이라는 설화를 배경으로 하여 어미인 도

화녀가 아들인 비형랑에게 진지왕과의 일을 고백하는
시이다.

　이 시에서 시인은 진지왕과 도화녀의 7일 밤낮을
"그늘에 핀 꽃"이라고 표현한다. 그리고 너의 "아비의
금관은 너무 무거웠고 높은 담장은 감옥이었"으며, 그
밤은 "한 마리 나비 되어 저승에서 이승으로 스며든
밤"이었다고 판타지로 인식한다. 그리고 "오색구름과
향기 속에 옷고름이 풀린 뒤/ 이슬 맺히듯 눈물 달고
살았어/ 얘야,"라고 도화녀가 자신의 아이인 비형랑
에게 다분히 감각적으로 고백한다. 그리고 이 시의 2
연에서는 진지왕과의 관계와, 그와의 사랑인 그 짓이
"한낱 분탕질"이었고 "눈에 불을 켠 허깨비"이었음을
노래한다. 한갓 놀이마당 같은 것이고 허망한 꿈에 불
과한 것임을 노래한 시이다.

　　걷어 올린 무명치마가 젖어요

　　창호지에 먹물빛이 번질 때

　　박꽃 위로 날아드는 박각시처럼

　　남 몰래 가는 길은

　　시린 여울물도 붙잡지 못하네요

　　차라리 달은 구름 속에 들거나

　　그믐밤이면 좋겠지요

홀어미의 빈 둥지에 일곱 자식들

난전의 푸성귀처럼 좌판 가득 벌려놓아 미안해요

당신 어깨가 날로 낮아지고

갈퀴손으로 쓰다듬는 가슴 한 귀퉁이, 몰려드는

세찬 물살에 헛디딜까 걱정이네

낮은 오히려 캄캄했고 어두운 밤이 편했을 당신

먼저 떠난 내 걱정일랑 마세요

흘러가는 여울 속에 내가 있고

밤하늘 별 가운데 내가 있어도

서쪽 하늘을 잠시 적시는 노을처럼

남은 날이 분홍이어도 괜찮아요

우리들의 봄날처럼

세상의 손가락이 당신을 가리킬 때

젖지 않아도 되어요

사랑은 욕된 것이 아니라

두 손 감싸 쥐면 뭉클하게 뜨거운 것

일곱 아들이 놓은 징검다리가

밤을 건너는 당신을

지켜줄 거예요 오래도록

〈밤을 건너는 박각시〉는 효불효 설화孝不孝 說話를 모티프로 한 시이다. 이 설화는 《동국여지승람東國輿地勝覽》 권 21 '경주교량조'에 수록되어 있는 설화이지만, 여러 지방에서도 이와 유사한 민간설화들이 있는 효불효 설화이다. '과부엄마의 사랑을 위해 아들이 놓아준 징검다리'라는 이 모티프는 여성의 정절보다는 욕망을 중시하는 내용으로 여성의 정절을 중시하는 사회에서는 도전적인 의식이지만 효도라는 관점에서 인정할 수밖에 없는 이야기이다.

〈밤을 건너는 박각시〉는 일곱 아들이 욕망 때문에 밤마다 여울물을 건너는 어머니에게 바치는 시이다. 끝 연의 "세상의 손가락이 당신을 가리킬 때/ 젖지 않아도 되어요/ 사랑은 욕된 것이 아니라/ 두 손 감싸 쥐면 뭉클하게 뜨거운 것/ 일곱 아들이 놓은 징검다리가/ 밤을 건너는 당신을/ 지켜줄 거예요 오래도록" 이 그것으로 민간 설화를 모티프로 한 시이다.

이에 반해 불교 설화 혹은 사찰 설화를 모티프로 한 시가 〈부례랑의 노래〉이다.

바다가 밀어올린 달이/ 감은사 동탑과 서탑 사이로 두

둥실/ 달빛에 젖은 비늘 옷 입고 달려오는 당신/ 금당 축대 아래 물길을 따라 들고 날 때마다/ 목탁소리 듣는가요/ 정밀 속에 밀물지는 고른 숨소리/ 아, 태평하다 안심되는 거지요// 낭도와 금란에서 수련할 때/ 깜빡 잠든 사이 적에게 납치되어 간 곳을 몰랐지요/ 사람들이 깃털 꽂힌 두건을 보며 통곡하고

부처 앞에 엎드려 밤낮으로 비는 소리에/ 당신은 곳간에서 피리와 거문고를 가져와/ 나를 부레옥잠처럼 물 위에 띄워 돌아왔지요// 거북섬에 대나무 심은 뜻은/ 낮에 둘이다가 밤에 하나가 되는 이치로/ 피리를 만들라는 거지요/ 필리리 가락이 풀려나가면/ 눈 덮인 세상에도 봄은 오고/ 삼태귀신 두억시니 사방팔방 온갖 잡귀들 달아나요// 달빛이 하얗게 부서지는 밤/ 당신의 사랑은 밤바다처럼 가늠할 수 없어요/ 지금은 그 피리가 불고 싶어요/ 안과 밖에서/ 너울치며 떠도는 소리 소리들 가락에 실어 보내고 싶은,

- 시 〈부례랑의 노래〉 전문

〈부례랑의 노래〉는 사찰 전설을 모티프로 해서 쓴 시이다. 《삼국유사》 백률사 대비관음상의 영험과 관련된 설화로 효소왕 1년에 국선이 된 부례랑 설화이다. 이 설화의 핵심은 시에서의 "당신은 곳간에서 피

리와 거문고를 가져와"에서의 두 보물인 '현금玄琴과 신적神笛'이다.

부례랑은 화랑을 이끌고 강릉 지방에 이르렀다가 말갈족에게 잡혀 끌려간다. 그러나 안상이라는 사람만이 부례랑을 구하기 위해 쫓아간다. 이 소식을 들은 효소왕은 창고 천존고天尊庫에서 현금玄琴과 신적神笛이 없어진 것을 알게 된다. 한편 부례랑의 부모는 백률사 관음상 앞에서 아들의 무사귀환을 위해 여러 날째 기도를 드린다. 그 정성 때문인지 향나무 탁자 위에 현금과 신적이 있고 부례랑과 안상이 불상 뒤에 와 있는 것이 발견하게 된다. 그로부터 자초지종을 듣게 된다. 부례랑이 적에게 잡혀가서 말먹이 일을 하는데 용모가 단정한 스님이 손에 현금과 신적을 가지고 와서 위로하며, 따라 오라 해서 따르니 해변에 이르러 안상과도 만나고, 그 스님의 도움으로 신적과 현금을 타고 백률사에 돌아왔다는 이야기를 듣게 된다. 이에 부례랑이 현금과 신적을 왕에게 바치자 왕은 백률사에 금과 은으로 만든 그릇과 마납가사를 받쳐 부처님의 은덕에 보답하였다는 불교설화이다.

이 시 〈부례랑의 노래〉에서의 '당신'은 설화에 의하면 스님이지만 부처라고 볼 수 있을 것이다, 따라서 이 시는 부례랑의 무사귀환에 도움을 준 부처의 은공을 찬양한 시라 볼 수 있을 것이다.

이렇듯 우리 고대 삼국시대의 설화에는 불교 설화가 주종을 이루지만 선교나 무교 설화도 없지 않다. 이 설화들은 서로 연결되어 우리 고대민족의 땅에 토착된 것이라서 우리의 토속종교라 할 수 있다.

4. 불교사상 혹은 민족토속사상 그리고 기타

〈서쪽으로 가는 달에게〉는 이 시집의 표제시이다. '광덕 처의 노래'라는 부제가 붙은 것은 이 시가 신라향가 〈원왕생가〉를 모티프로 한 시이기 때문이다. 《삼국유사》 권 제5 감통 제7 '광덕과 엄장'에 수록된 향가로 서방정토로 왕생하기를 비는 광덕의 노래이다. 친구인 광덕과 엄장은 형제와도 같은 친구인데, 광덕이 죽자 엄장은 광덕의 처와 같이 살면서 범하려 한다. 광덕의 처는 엄장을 꾸짖고 엄장은 참회하고 도를 닦는다, 그래서 극락에 가게 된다는 설화이다. 여기에서 죽은 광덕의 부인은 사실 관음보살 19응신 중 하나였다고 하기도 한다.

그러나 송복련의 〈서쪽으로 가는 달에게 - 광덕 처의 노래〉는 부제대로 광덕의 처가 이 시의 화자이다.

그대 떠난 빈 방으로 달빛이
뒤척이며 부스럭거리는 이불소리 혼자 듣네
풀지 않은 당신 옷만 시렁 위에 접혔네
가부좌 틀던 방석은 윗목에 그대로인데
이 몸 두고 가신 곳 어디오

어둔 밤을 지나 서쪽으로 가는 달아
옷고름이 눈물고름이 되네
뜰에 심은 꽃들은 다 피는데
혼자 보는 이것들이 무슨 소용일까
짚신 팔아 끼니 잇던 날은 차라리 달콤해라
여기 그리는 사람 있다고 전해다오
어서 훌쩍 그대에게 데려가 다오

그대 그토록 간절했던 곳
구름 밖인가, 천상의 종소리 귀에 밟혀라
원왕생 원왕생, 그대 곁으로 간다면
발밑에 돌멩이 쑥대밭이라도 좋아
온몸이 타는 사막길이라도 좋아
그대만 곁에 있다면
내겐 모두가 극락정토이니라

- 시 〈서쪽으로 가는 달에게 - 광덕 처의 노래〉 전문

위의 광덕 처의 노래인 〈서쪽으로 가는 달에게〉는 먼저 떠난 남편인 광덕을 그리워 하는 아내가 '서쪽으로 가는 달에게' 부르는 노래이다. "그대 떠난 빈 방으로 달빛"이라고 시작하는 1연은 광덕의 방으로 스며드는 달빛과 자신의 처지를 그린 부분이고. 2연은 서쪽으로 가는 달에게 그리워 하는 사람이 있다고 남편에게 전해달라는 부탁의 노래이고. 3연은 어느 곳이든 사랑하는 남편과 있는 곳이라면 극락정토라는 자신의 마음을 노래한 마지막 연이다.

이 시에서 애절하고 뛰어난 시행이 있는 곳은 2연이다. "어둔 밤을 지나 서쪽으로 가는 달아/ 옷고름이 눈물고름이 되네/ 뜰에 심은 꽃들은 다 피는데/ 혼자 보는 이것들이 무슨 소용일까/ 짚신 팔아 끼니 잇던 날은 차라리 달콤해라/ 여기 그리는 사람 있다고 전해다오/ 어서 훌쩍 그대에게 데려가 다오"가 그것이다. 그리고 이 시의 사상을 엿볼 수 있는 부분은 3연의 원왕생과 극락정토라는 시어이다. '원왕생'이라는 말 속에는 불교의 윤회와 환생 사상이 함유되어 있다. 이 사상은 티베트 불교에서 중시하는 사상으로 어떤 측면에서는 모든 종교에서의 공통적인 사상이다. 특

히 고대국가 형태인 삼국시대에는 더욱 그러했을 것이다.

그대 오시는 길에/ 앞집 건너 윗마을 지나 재 너머까지/ 꽃구름을 꽃그늘을 드리워라// 밭두렁 논두렁 따라 남쪽으로 가는데 누가 붙잡는가/ 높고 높은 용루에 오르니 세상은 눈 아래인데/ 우러르면 그대 계신 하늘이라/ 가슴에는 오직 한 분// 문득 나타난 또 하나의 보살이여/ 부디 다음 생에 오너라/ 빛이 빛을 먹고 차라리 어둠이 된 열흘/ 밝음도 오히려 캄캄해라/ 어두울수록 빛나는 당신이/ 껴안을 어둠은 오직 하나일 뿐// 차라리 어둠 속을 건너는 달밤이면 좋으리/ 견디지 못하여라 불 같은 낮/ 한 입에 두 숟가락이 들지 못하듯/ 갈아엎을 두 마지기 밭이랑도 한 마리 소면 족하듯/ 사랑도 한 가슴에 둘을 품지 못하거늘/ 하늘에 해는 오직 하나일 뿐// 삿되고 헛된 마야여, 내 노래 소리 들리느냐/ 펄펄 끓다가 쩍쩍 갈라지는 시름과/ 소금자루 같은 이승의 무게까지/ 서 발 너 발 흰 명주수건에 쓸어 담아 뿌린다/ 허공에 꽃이 핀다 꽃이 진다/ 내가 믿는 건 오직 한 분 뿐

- 시 〈오직 그대뿐〉 전문

〈오직 그대뿐〉에서 먼저 주목할 시행은 "가슴에는 오직 한 분// 문득 나타난 또 하나의 보살이여/ 부디 다음 생에 오너라/ 빛이 빛을 먹고 차라리 어둠이 된 열흘/ 밝음도 오히려 캄캄해라/ 어두울수록 빛나는 당신이/ 껴안을 어둠은 오직 하나일 뿐"이다. 여기에서의 "오직 한 분"은 도솔천에서 다음 생의 부처가 되기 위해 수행하는 미륵보살이다.

마지막 연의 "삿되고 헛된 마야여, 내 노래 소리 들리느냐/ 펄펄 끓다가 쩍쩍 갈라지는 시름과/ 소금자루 같은 이승의 무게까지/ 서 발 너 발 흰 명주수건에 쓸어 담아 뿌린다/ 허공에 꽃이 핀다 꽃이 진다/ 내가 믿는 건 오직 한 분 뿐"을 볼 때, 시 〈오직 그대뿐〉은 향가 〈도솔가〉를 모티프로 쓴 시이다. 〈도솔가〉는 신라 경덕왕 19년(760)에 월명사月明師가 지은 향가이다. 《삼국유사》 권 제5 감통 제7 '월명사의 도솔가'에 전하는 신라가요이다. 송복련의 〈오직 그대뿐〉을 〈도솔가〉의 주제·재제 전통으로 볼 때, 향가의 내용인 "오늘 여기 산화가를 불러/ 뿌리는 꽃이여, 너는/ 곧은 마음의 명命을 받들어 심부름하는 까닭에/ 멀리 도솔천의 미륵님을 모시는구나"와 같은 현세보다는 내세관 중시하는 미륵에 대한 찬가로 보아도 좋을 것이다.

애달바라 서러워라/ 오라 오라/ 공덕 닦아라/ 극락이 저기다// 지팡이 날아가 공양미 시주받네/ 덩치 큰 육존상을 주무르던/ 양지스님 지팡이라네/ 천왕상 팔부신장 삼존불 금강신/ 스님 재주가 탑을 쌓네// 삼동에 개구리가 우네/ 영묘사 옥문지에 사나흘 우네/ 여근곡에 스민 도적/ 선덕의 근심 물리쳤네// 법당에서 고요히 눈 감으니/ 다투어 등짐지고 오는/ 장정과 아낙들/ 눈물밥 비우던 이승/ 꽃상여 타고/ 천상 길 열어달라네// 공덕 닦아라 공덕 닦아라/ 방아소리 쿵덕 쿵덕/ 터 닦으러/ 오라 오라는 소리

- 시 〈바람결의 노래〉 전문

이 시는 신라 제27대 선덕여왕 때, 작가 미상의 〈양지사석가良志師錫歌〉《삼국유사》. 소창진평)를 모티프로 한 시로 보인다. 이 향가는 〈풍요風謠〉(양주동 주장), 〈오라가〉(홍기문 주장), 〈바람결의 노래〉(김선기 주장) 등 여러 이름을 가지고 있는 향가이다. 송복련의 〈바람결의 노래〉는 김선기의 명칭 주장을 따른 것으로 보인다. 이 향가는 4구체이다. 이 향가의 전문은 이렇다. "래여來如 래여來如/ 래여來如 래여來如/ 애반다라哀反多羅/ 야반자의哀反多矣/ 도량공덕徒良功德/ 수질야량래여修叱如良來如(오다 오다/ 오다 오다/ 서럽도다/ 서러

운 중생이여/ 도량공덕/ 닦으려 오다)"에서 송복련 시 〈바람결의 노래〉에 차용된 것은 서두의 "애달바라 서러워라/ 오라 오라/ 공덕 닦아라"와 결말 부분인 "공덕 닦아라 공덕 닦아라/ 방아소리 쿵덕 쿵덕/ 터 닦으러/ 오라 오라는 소리" 등이다. 그 외의 시행들은 《삼국유사》의 설화를 참고한 것으로 보인다. 다분히 불교시적인 시임이 자명하다.

그러나 송복련 시에 이런 불교시 경향만 있는 것이 아니라 토속신앙인 무교적 경향의 시도 있다. 그 시가 〈서천 꽃밭〉이다.

> 빗방울이 수런거릴 때마다 꽃이 피는 곳
> 나비떼 나풀나풀 벌들이 붕붕거리는
> 서천 꽃밭의 주인이신 당신은
> 꽃들에게 물을 주고 있겠지요
>
> 우리의 청사초롱은 일찍 꺼지고 서천으로 가는 먼 길은 자갈밭이어요 얼레빗 나누고 헤어져 노비로 속량할 동안 '할락궁이' 아들 하나 키우며 거친 밥과 매운 바람에 맨발로 살았어요 아들마저 아비 찾아 떠난 빈방으로 뱀눈이 나를 넘보아요 한사코 튕겨나가는 팥알갱이처럼 이리 튀고 저리 튀다 끝내 절구공이에 짓이겨졌지요 아

비를 만난 아들은 도라지꽃으로 이내 몸 일으켜 세우니
이제야 당신 곁으로 가는 길이어요

모두 가고 오며 피고 지는 꽃이라면
나는 당신 곁에서 수선화로 필 거예요
- 시 〈서천 꽃밭〉 전문

〈서천 꽃밭〉은 〈이공본풀이〉와 관련있는 무속 언어이다. 〈이공본풀이〉는 '제주굿'에서 서천 꽃밭 주화관장신의 내력을 풀이하는 서사무가로 알려져 있다. 여기에서 '서천 꽃밭'은 사람을 살리는 환생꽃이기도 하지만, 사람을 징벌하고 급기야는 죽이는 악심꽃이 피어 있는 공간 세계이기도 하다. 이러한 무속의례인 굿을 이 시는 모티프로 하고 있다는 점에서 시인의 정신 세계의 일단을 엿볼 수 있을 것이다. 그러나 송복련 시인이 "〈이공본풀이〉에서 주목되는 것은 '서천 꽃밭'과 '생명의 꽃'이다"라는 주석을 달고 있는 것으로 보아 악심꽃보다는 환생꽃으로 통해 서천 꽃밭을 생명의 꽃 공간으로 인식하고 있는 것으로 보인다. 위의 시 3연의 "모두 가고 오며 피고 지는 꽃이라면/ 나는 당신 곁에서 수선화로 필 거예요"라고 했는데, 수선화의 꽃말은 '자기애', '고결', '외로움' 등을 뜻하지만

'사랑을 한번 더'라는 뜻도 있으니 환생꽃으로서 다시 한번 사랑하고 싶다는 의지를 드러낸 것이다. 또한 제주도에서는 수선화를 설중화雪中花라고도 부르며 이는 '눈이 오는 추운 날씨에도 피어나는 꽃'이라는 뜻이니 어떤 어려움 속에서도 사랑의 의지를 소멸시키지 않겠다는 표현이기도 하다.

송복련의 시집 《서쪽으로 가는 달에게》에는, 신라 향가와 고려속요 그리고 그 시대의 설화를 모티프로 해서 쓴 시들의 모음이기 때문에, 불교사상이 주류를 이루지만 무교적인 의식의 시도 있다. 이는 당대의 민간 토속사상에 불교와 무교 그리고 선교, 나아가서는 가족 중시의 유교사상까지도 혼합되어 있기 때문이다. 허난설헌의 서화를 모티프로 한 시 〈앙간비금도〉에서 보여주는 유교를 근간으로 하는 부녀간의 가족 사랑. 그리고 고려속요 〈사모곡〉을 모티프로 한 시 〈어머님가티 괴시리 업세라〉에서 보여주는 어머니에 대한 그리움과 가족 사랑은 우리 민족의 혈연의식을 근간으로 하는 토속신앙의 미학이다. "달 속에 그늘 들 줄 몰랐네/ 우리들이 둥글게 차오를 때마다 야위는 보름달은/ 망초꽃보다 흔한 보통의 이름,/ 엄마가 그믐달로 이울었네"(첫연)의 미학은 우리 민족의 원형질 속에 있는 그 무엇 없이는 가능하지 않은 미학이

다. 그 무엇이 무엇이든 그것은 언제나 우리를 감동시
키는 정서이고 원천의식이기 때문이다.

다름시선 005
송복련 시집
서쪽으로 가는 달에게

지은이 송복련
펴낸이 김은중
펴낸곳 다름북스
디자인 홍세련

1판 1쇄 2024년 3월 29일

출판신고번호 제2021-000252호
전화 070 7893 1328
블로그 blog.naver.com/dareums
전자우편 dareums@naver.com

ISBN 979-11-975963-7-7 (03810)